W0281251

Nach(t)Sicht

Gute-Nacht-Geschichten für
Erwachsene

Jo Jansen

Jo Jansen: Nach(t)Sicht

Dürrainverlag Dürrainhof 2, 78476 Allensbach

2. Auflage 2013

Copyright © 2013 Jo Jansen

All rights reserved.

ISBN-10: 1490345760
ISBN-13: 978-1490345765

http://www.facebook.com/liselotterie

Während die erste Auflage von „Nach(t)Sicht“ noch unter meinem realen Namen erschien, habe ich für die zweite das Pseudonym Jo Jansen gewählt. Damit sind jetzt alle meine Werke unter **Jo Jansen** erhältlich. Die hier abgedruckten Geschichten gibt es auch als E-Books unter gleichem Titel. Die Geschichte „Nur noch ein Kilogramm“ ist ebenfalls einzeln als E-Book erhältlich.

Für Cherie, Erik und Markus

INHALT

ALLEIN ALLEIN

„Noch eine Runde Ramazzotti!“

Zustimmendes Gelächter erklang, als Michi sich wieder zu uns setzte und der Kellnerin zuwinkte.

Er legte sein Handy auf den Tisch und zuckte die Schultern: „Sorry, war wichtig.“

„Du warst eine halbe Stunde weg und hast die besten Witze verpasst,“ versuchte ich dem Bruder meines Freundes ein schlechtes Gewissen einzureden.

„Ja, wir haben nur von dir gesprochen“, pflichtete Frank mir bei und alle lachten.

„Sechs Ramazzotti, bitteschön.“ Die Bedienung war schnell, erhoffte entweder ein gutes Trinkgeld oder dass wir bald verschwänden. Vielleicht auch beides. Immerhin waren wir die einzigen Gäste, wenn man von einem älteren Ehepaar absah, das gleich nach dem Abendessen auf seinem Zimmer verschwunden war, wo vermutlich das „Musikantenstadl" wartete. Zu dieser Jahreszeit war nicht mehr viel los im Schwarzwald. Umso mehr Spaß hatten wir heute gehabt, bei bestem Spätherbstwetter über die Höhen zu wandern, mit den Füßen raschelndes Laub aufzuwirbeln und immer wieder das herrliche Panorama zu fotografieren.

Frank und ich waren erst seit wenigen Wochen zusammen und auf diesem Ausflug lernte ich die ersten Mitglieder seiner Familie kennen. Michi, den jüngsten Bruder, und seine Freundin Anna. Beate, die große Schwester, mit ihrem Lebensgefährten Robert. Sie alle waren nett, unsere Gespräche jedoch über Belanglosigkeiten nicht hinausgegangen. Fast so, als hielte ein unausgesprochenes Misstrauen sie noch zurück.

„Prost, auf die Familie", rief mein Freund. Während wir alle unsere Gläser erhoben, dachte ich: *Wie süß, er zählt mich wohl schon mit dazu.* Dass ich mit diesem Gedanken völlig daneben lag, sollte ich bald merken.

Der Ramazzotti brannte in meinem Hals, ich konnte spüren, wie er heiß die Kehle hinablief und sich in meinem Magen wohlige Wärme ausbreitete. Robert erzählte einen weiteren Witz, doch ich hatte Mühe, ihm zu folgen. Mein Kopf fühlte sich seltsam an, wie in Watte gepackt, sodass nicht nur die gesprochenen Worte schwer zu mir durchdrangen, sondern auch meine Gedanken wie in Zeitlupe zu laufen schienen. Mir wurde schlecht.

„Ich glaub, ich muss mal“, flüsterte ich Frank zu, während ich mich langsam erhob. Schwindelig war mir nun auch noch. Frank strich einmal kurz über meine linke Hand und folgte weiter Roberts Erzählung.

Der Weg von der Gaststube zu den Toiletten kam mir endlos und wahnsinnig anstrengend vor. Ich schwitzte mehr, als bei der Besteigung des Feldbergs heute Mittag. Allerdings war es kalter, Gänsehaut verursachender Schweiß, der mir in kleinen Bächen den Rücken hinab rann. Wie lange ich in der kleinen Kabine hockte, weiß ich nicht mehr. Das schachbrettartige Muster des Fußbodens, winzige schwarze und weiße Karos, grub sich jedenfalls unauslöschlich in mein Gehirn ein.

Nachdem ich mein Gesicht gewaschen und den Mund ausgespült hatte, um den Geschmack des Erbrochenen loszuwerden, erblickte ich im Spiegel ein beinahe fremdes, blasses Gesicht. Die dunkelblonden, schulterlangen Haare hingen strähnig herab. Meine Beine fühlten sich an wie Pudding, ich wollte nur noch ins Bett.

Unser Tisch in der Gaststube stand leer geräumt da, die anderen waren wohl schon aufs Zimmer gegangen. Wie im Fieber bewegte mich in Richtung Treppe, um Frank zu folgen.

„Moment junge Frau.“ Die Bedienung kam hinter dem Tresen hervor. Stumm reichte sie mir den Zimmerschlüssel. Ich war so fertig, dass ich mir gar nicht die Frage stellte, warum Frank nicht mit dem Schlüssel hinaufgegangen war. Mühsam schleppte ich mich bis in die zweite Etage, jede Stufe ein Kampf, den mich nur die Aussicht auf das warme Bett und Franks starke Arme gewinnen ließ.

Schwankend stand ich vor der Zimmertür und stellte fest, dass der Schlüssel nicht passte. Ich klopfte. Nichts passierte. Legte mein Ohr an die Tür, vielleicht verriete mir das Rauschen der Dusche, dass Frank im Bad war. Lediglich das Rauschen des Blutes dröhnte in meinem Kopf.

„Kann ich Ihnen helfen?“ Die Kellnerin kam um die Ecke, nahm mir den Schlüssel aus der Hand und fasste mich vorsichtig am Arm.

„Die 217 ist da vorn, zwei Türen weiter.“ Bevor ich mich darüber wundern konnte, hatte sie bereits das Zimmer aufgeschlossen und mich sanft hinein geschoben.

„Gute Nacht."

„Gute Nacht", murmelte ich, stolperte im Dunklen vorwärts, bis ich an das Bett stieß und lang darauf hinfiel. So blieb ich liegen und musste sofort eingeschlafen sein.

Spatzen schilpten und tippelten vor dem Fenster und, wie es sich anfühlte, auch in meinem Kopf.

„Frank?" Meine Hand glitt suchend über das Bett, auf dem ich immer noch bäuchlings lag, in meinen stinkenden Klamotten von gestern Abend. Nachdem ich ins Leere griff, schlug ich langsam die Augen auf, blinzelte. Mein Blick fiel auf eine schräge Wand mit Dachgaube. Die Vorhänge waren zugezogen und ließen nur diffuses Licht ins Zimmer scheinen. Es genügte, um mich zwei Dinge erkennen zu lassen: Das Bett war schmal und außer mir lag niemand darin. Und, dies war nicht unser Zimmer.

Die Spatzenbande in meinem Kopf hinderte mich daran, vor Schreck aufzuspringen. Ich wollte zu Frank. Sofort. Er musste mich doch schon vermisst haben und Gott weiß was von mir denken. Langsam erhob ich mich und war nun froh, voll angekleidet zu sein, inklusive Turnschuhen an den Füßen. Ihre

Schnürsenkel wären jetzt unerreichbar fern für mich. Mit vorsichtigen Schritten schlich ich zur Tür und sah ich mich dabei im Zimmer um. Es war winzig, ein Einzelzimmer, das ich nie zuvor gesehen hatte. Doch was war das? Neben der Tür schimmerte ein vertrauter grüner Fleck – meine Jacke hing an der Garderobe. Ich war sicher, sie gestern vor dem Abendessen in dem anderen, nämlich Franks und meinem, Zimmer gelassen zu haben. Warum sie nun hier hing, verstand ich nicht. Das musste ein Missverständnis sein.

Ärger machte sich in mir breit. Diese dumme Bedienung. Sie hatte mich in das falsche Zimmer geleitet. Das musste ich klären, sofort. Zweihundertfünfzehn. Ich war mir sicher, dass Frank und ich gestern dort hineingegangen waren. Das große Doppelbett hatte Vorfreude auf die gemeinsame Nacht in mir geweckt und nun stand ich hier. Allein in einem Einzelzimmer. Vielleicht hatte Frank sich gestern Abend ebenfalls schlecht gefühlt, den Schlüssel von innen stecken lassen und mein Klopfen nicht gehört? Es würde für das Chaos ja wohl eine logische Erklärung geben, über die wir gleich gemeinsam lachen könnten. Ich pochte erneut an die Tür mit der Nummer 215. Niemand öffnete. Langsam machte ich mir Sorgen. Vielleicht wusste sein Bruder mehr. Er und Anna hatten das Zimmer genau gegenüber bezogen, Nummer 208. Auch dort reagierte niemand auf mein Klopfen. Ebenso nebenan, 210, wo Beate und Robert abgestiegen waren. Ich verstand überhaupt nichts mehr. Beunruhigt eilte ich die Treppe hinab. Hoffte, die anderen beim Frühstück zu finden.

In der Gaststube waren sie nicht. Mir tönte ein freundliches „Guten Morgen“ von dem älteren Ehepaar entgegen, das gerade frisch und rosig das Lokal verließ. Vielleicht hätte ich gestern auch das Musikantenstadl dem Ramazzotti vorziehen sollen? Die Bedienung war nirgends zu sehen, also durchquerte ich den leeren Frühstücksraum. An der Rezeption checkten die beiden Alten gerade aus. Unruhig hielt ich mich im Hintergrund, trat ich von einem Fuß auf den anderen und war froh, als sie endlich winkend in Richtung Parkplatz verschwanden. Ich sah ihnen nicht nach, sondern wandte mich direkt an den Wirt.

„Guten Morgen.“ Ich versuchte, mir den Ärger nicht sofort an meiner Stimme anmerken zu lassen. Es gelang mir nicht, wie mir die hochgezogenen Brauen des Mannes verrieten.

„Guten Morgen Frau Witt. Haben Sie gut geschlafen?“, fragte er mit unbewegter Miene.

„Nein“, knurrte ich und dann brach es aus mir heraus. Dass es ja wohl nicht sein könne, dass man mich nachts in ein falsches Zimmer steckte, wo denn meine Freunde wären und wer überhaupt schuld sei an dem ganzen Chaos. Der Wirt hörte mir schweigend zu, zog nur wiederholt die Augenbrauen hoch. Als ich fertig war, kam er hinter dem Rezeptionstresen hervor, zeigte auf den Frühstücksraum und sprach langsam, wie eine Mutter zu ihrem kleinen Kind:

„Kommen Sie, ich hol uns erst mal einen Kaffee."

Wenig später floss das bittere Gebräu, in das ich ganz viel Zucker gerührt hatte, meine Kehle hinunter. Ich schüttelte mich. Der Wirt war ein dicklicher Mann, von dem etwas Gemütliches ausging. Er saß mir gegenüber und beobachtete den Löffel, mit dem er in seiner Kaffeetasse herumrührte, als gäbe es nichts Wichtigeres zu tun. Gerade wollte ich meine Fragen wiederholen, da hob er den Blick und sah mir direkt in die Augen.

„Frau Witt, ich weiß nicht, was genau sie letzte Nacht gemacht haben. Aber sie sind gestern allein hier angekommen."

Zum Glück saß ich schon, sonst hätte ich mich jetzt erst einmal setzen müssen.

„Das ist nicht wahr." Trotzig und scharf schossen die Worte aus meinem Mund. „Wir kamen zu sechst an, drei Pärchen. Sie selbst haben uns die Zimmerschlüssel ausgehändigt, für Frank und mich die 215."

Der Mann schüttelte den Kopf.

„Da war niemand sonst. Nur das alte Ehepaar, das soeben abgereist ist."

Die Kellnerin, die uns am Abend bedient hatte, kam aus der Küche herbei, sah mich mit einer Mischung aus Mitleid und Empörung an und bestätigte seine Worte.

„Sie waren allein und haben gestern Abend ziemlich viel Ramazzotti getrunken. Zuviel, wenn ich mir die Bemerkung erlauben darf."

Langsam wurde ich richtig wütend.

„Ich weiß zwar nicht, was das hier soll, aber jetzt ist Schluss mit lustig. Ich will zu meinem Freund. Vielleicht ist ihm ja etwas zugestoßen."

Immer mehr redete ich mich in Rage, sodass die Kellnerin es vorzog, wieder in der Küche zu verschwinden, während der Wirt mich nur noch stumm und feindselig ansah. Schließlich brachte mein nicht enden wollender Redefluss ihn dazu, sich zu erheben und mit mir zum Zimmer 215 hinauf zu gehen.

„Nur, damit Sie endlich Ruhe geben", sagte er und schloss die Tür auf, vor der ich schon mehrfach vergebens gestanden hatte. Ich lief hinein und blieb wie erstarrt stehen. Das Zimmer sah genau so aus, wie ich es in Erinnerung hatte. Allerdings war es leer und unbenutzt, von Frank oder unserem Gepäck keine Spur. Da war der Balkon, von dem man einen herrlichen Blick auf die Umgebung hatte – und auf den Parkplatz hinter dem Haus. Mit einem Sprung war ich an der Balkontür, riss sie auf und spürte, wie der starke Arm des Wirtes mich packte und zurückzerrte.

„Nun ist aber genug." Mit wütend aufgerissenen Augen starrte er mich an. Dachte er etwa, ich wollte springen?

„Ähm, nein, Sie verstehen mich falsch", versuchte ich mich aus seiner Hand zu winden, die meinen Oberarm wie ein Schraubstock umklammert hielt. „Ich wollte nur einen Blick auf den Parkplatz werfen."

Misstrauisch lockerte er den Griff etwas, wich aber nicht von meiner Seite, als ich den Balkon betrat. Ein Blick auf den Parkplatz genügte, um mir die Tränen in die Augen schießen zu lassen. Dort unten stand ein einziges Auto, ein kleiner schwarzer Polo. Meiner. Das war unmöglich, denn ich hatte ihn zu Hause gelassen, in meiner Garage. Wir waren mit Franks BMW hergefahren.

Wenig später befand ich mich wieder in dem

Zimmer, in dem ich die Nacht verbracht hatte, Nummer 217. Vom Wirt hatte ich keine weiteren Antworten bekommen. Entweder war das hier die „Versteckte Kamera“ oder ich begann, mit Anfang dreißig, komplett durchzudrehen. Im Kleiderschrank fand ich eine braunkarierte Reisetasche. Meine Reisetasche, wie ich unschwer an dem Mini-Plüschhäschen erkennen konnte, das vom Reisverschluss herab hing und genau so ratlos in die Welt sah, wie ich mich fühlte. Wenigstens hatte ich jetzt frische Wäsche. Ich duschte, wusch mir die Haare und zog mich um. Besser fühlte ich mich trotzdem nicht. Nichts ergab einen Sinn und ich hatte immer noch das Gefühl, nicht klar denken zu können. Meine Handtasche fehlte. Ich war sicher, sie gestern mit in das gemeinsame Zimmer genommen zu haben. Zum Glück fand ich meine Kreditkarte und den Autoschlüssel in meiner Jackentasche. So konnte ich wenigstens die Hotelrechnung bezahlen - ein Einzelzimmer mit Frühstück, Abendessen, diverse Getränke, darunter allein sechs Ramazzotti. Niemals hatte ich soviel getrunken, hatte jedoch keine Lust, dies mit dem unfreundlichen Wirt zu diskutieren.

Resigniert und kampfbereit zugleich checkte ich aus. Wenn man mich hier so auflaufen ließ, würde ich eben anderswo weitersuchen. Im Polo, auf dem Beifahrersitz, lag meine Handtasche. Ein Anflug von Erleichterung überkam mich. Meine Geldbörse, die

Hausschlüssel, Fotoapparat und Handy, alles noch da. Natürlich, mein Handy. Ich war anscheinend völlig durch den Wind, dass ich nicht eher daran gedacht hatte. Sofort würde ich Frank anrufen, seine Nummer hatte ich unter *Favoriten* abgespeichert. Angelika, Büro, Mutti … fertig. Kein Frank. Fieberhaft drückte ich auf dem Handy herum, öffnete das Menü *Kontakte*. Auch dort gab es keinen Frank. Ich hatte mir seine Handynummer nie gemerkt, da ich sie eingespeichert und sicher glaubte. Mein Magen krampfte sich zusammen, mir wurde kotzübel. Gerade noch rechtzeitig konnte ich die Autotür öffnen. Der Kaffee von vorhin, mit dem vielen Zucker, landete in hohem Bogen auf dem Parkplatz.

Wie lange es dauerte, bis ich mich halbwegs wieder gefasst hatte, weiß ich nicht. Wie ein Häufchen Elend saß ich heulend im Auto auf dem Parkplatz. Meine Gedanken wirbelten durcheinander, nichts ergab einen Sinn. Irgendwann kam ich auf die Idee, meine beste Freundin anzurufen. Angelika. Sie war vor einigen Wochen in die Schweiz gezogen, ganz ans andere Ende, rund vierhundert Kilometer weg von mir. Dort lebte sie jetzt mit ihrem Mann, einem Schweizer, und erwartete im Februar ein Baby. Obwohl wir uns früher fast täglich trafen, hatten wir uns seit ihrem Umzug nicht einmal gesehen. Ich war kurz danach Frank begegnet und so verliebt, dass ich jedes Wochenende am liebsten mit ihm verbrachte.

Angelika beschäftigte sich damit, die Wohnung einzurichten. Ihre Gedanken drehten sich fast nur noch um das Baby und ihr Leben in der Schweiz. Immerhin telefonierten wir ab und zu. So hatte Angelika sich mit mir gefreut, dass ich in Frank wohl endlich dem Richtigen begegnet war.

Mit zitternden Fingern hielt ich das Telefon ans Ohr. *Geh ran!*, flehte ich. Zwar wollte sie am Wochenende gern ihre Ruhe haben, würde aber hoffentlich meine Nummer auf dem Display erkennen.

„Nadine. Schön, dass du anrufst", begrüßte sie mich erfreut. Der Klang ihrer Stimme hatte etwas Tröstendes in diesem Albtraum. Es fiel mir schwer, ihr mit wenigen Worten zu berichten, was vorgefallen war. Wenn ich es schon nicht verstand, wie wirr musste es dann erst für sie klingen? Zumindest gelang es ihr, pragmatisch zu denken.

„Du musst da weg. Fahr nach Hause. Ich setz mich in den Zug, dann kann ich heute Abend bei dir sein. Übermorgen hab ich sowieso noch etwas in Konstanz zu erledigen."

Der letzte Satz mochte geschwindelt sein, aber das war mir in dem Moment egal. Sie kam. Meine beste Freundin hatte Zeit für mich, gerade jetzt, wo ich sie am meisten brauchte.

An die Fahrt durch den Schwarzwald konnte ich mich später nicht mehr erinnern. Immerhin gelang es mir, den schmalen, kurvenreichen Straßen unfallfrei zu folgen. Am frühen Nachmittag parkte ich mein Auto mit einer gewissen Erleichterung vor dem Haus, in dem ich wohnte. Das hier war bekanntes Terrain, bald käme Angelika, alles würde gut. An diesen Gedanken klammerte ich mich, das wollte ich glauben. Der vertraute Geruch meiner Wohnung nahm mich in den Arm, gab mir Sicherheit. Schluchzend saß ich auf dem Klo, ein Ort, der für mich schon immer der Inbegriff des nach Hause Kommens gewesen war. Ich zwang mich zur Ruhe, musste logisch vorgehen. Mit einer Tasse Tee setze ich an meinen Schreibtisch, fuhr den Computer hoch und öffnete das Mailprogramm. Es gab da ein paar sehr persönliche Mails von Frank. Das heißt, es hatte sie gegeben, wie ich wenig später feststellen musste. Weder fand ich seine Mails an mich, noch meine gesendeten Antworten. Wie konnten sie verschwinden? Niemand, außer mir, kannte das Passwort meines Computers und nur ich besaß Schlüssel zu meiner Wohnung. Das hatte ich bisher geglaubt.

Verunsichert sah ich mich um. War während meiner Abwesenheit etwa jemand hier gewesen? Wo war der kleine, weiße Porzellanelefant geblieben, den Frank mir auf dem Flohmarkt gekauft hatte? Ganz sicher hatte er am Freitag noch auf meinem Schreibtisch gestanden, als ich die Wohnung verließ. Hektisch lief ich durch die Räume und suchte nach weiteren Beweisen meiner Beziehung zu Frank. Seine Zahnbürste im Badezimmerschrank – weg. Die CDs, die er mir geschenkt hatte – ebenfalls weg. Das gerahmte Foto von uns beiden auf dem Nachtschrank – auch fort. Mir kamen schon wieder die Tränen. Auf dem Foto hatte Frank mich im Arm gehalten. Mit Selbstauslöser aufgenommen, zwei glücklich lächelnde Menschen, den Bodensee im Hintergrund.

Doch halt. Ich war aber auch ein Dummchen. Die Kamera. Auf der Speicherkarte mussten die Fotos von der gestrigen Wanderung mit Frank, Michi, Anna, Beate und Robert sein. Vor Aufregung zitterten meine Hände schon wieder so stark, dass es mir erst beim dritten Versuch gelang, die Speicherkarte in den Computer zu schieben. Ich hätte es mir sparen können. Es waren nur Landschaftsaufnahmen vom Schwarzwald darauf. Wunderschön, aber ohne einen einzigen Menschen.

Ich wurde immer panischer. Irgendeinen Beweis für unsere gemeinsame Zeit wollte ich finden. Der Fotoordner meines Computers ...

Er war leer.

Alles gelöscht.

Komplett. Damit waren auch die Fotos, die Frank allein oder gemeinsam mit mir zeigten, verschwunden. Zu dumm, dass ich unser gemeinsames Fotoalbum erst zu Weihnachten anfertigen wollte und daher noch keine Papierabzüge existierten. Wobei, wenn es die gäbe, wären sie jetzt wohl auch fort. Wer hatte sich diese Mühe gemacht und vor allem, warum? Was wurde hier gespielt? Diese Frage stellte ich mir immer und immer wieder.

Wir hatten uns Anfang Oktober ganz zufällig kennengelernt. Ich saß lesend in einem Café. Frank kam an meinen Tisch und fragte, ob ich das Buch empfehlen könnte. So kamen wir ins Gespräch, unterhielten uns zunächst über Bücher, dann über hundert andere Themen. Er war mir sofort sympathisch und darum sagte ich erfreut zu, als er mich für den nächsten Tag zu einem Spaziergang einlud. Da er in Heidelberg lebte und ich am Bodensee, sahen wir uns bisher nur an den Wochenenden. Ich zählte nach. Fünfmal insgesamt. Bereits am ersten Wochenende hatte ich mich in ihn verliebt. Zwar war mir Frank manchmal seltsam distanziert vorgekommen, doch das hing wohl mit seinem Beruf zusammen. *Die Hirne von Softwareingenieuren ticken anders*, hatte er mir lachend erklärt, als ich ihn darauf ansprach.

Um kurz vor sechs Uhr abends stand ich aufgeregt am Bahnhof. Noch nie hatte ich die Ankunft meiner besten Freundin so sehr herbeigesehnt. Die Zeiger der Bahnhofsuhr schlichen mit einer an Sadismus grenzenden Langsamkeit über das Zifferblatt, eine Runde, die nächste und noch eine. Endlich fuhr der Zug ein und kurz darauf lagen wir uns in den Armen. Angelikas Bauch war sichtbar gewachsen und sie strahlte die pure Vorfreude aus. Trotzdem lag ehrliche Besorgnis in ihrer Stimme, als sie wenig später auf meinem Sofa saß und mich bat, alles noch einmal ganz genau zu erzählen. Das tat ich, auch wenn die Geschichte dadurch nicht verständlicher wurde, weder für sie noch für mich. Gerade die Sache mit den verschwundenen Fotos und E-Mails kam mir selbst so unwirklich vor. Wie konnte ich erwarten, dass Angelika mir glaubte?

„Und du hast wirklich keinen Beweis, dass dieser Mann in den letzten Wochen Teil deines Lebens war?“ Angelika zog die Stirn in Falten, wie immer, wenn sie angestrengt nachdachte. In ihren Augen las ich eine einzige Frage: W*arum*?

„Hattet ihr Streit? Verlangte er Dinge von dir, die du nicht tun wolltest? Könnte eine andere Frau dahinter stecken?“

Jedes Mal schüttelte ich verneinend den Kopf und wurde immer mutloser.

„Alles war ganz harmonisch.“ Ich überlegte. Er war doch genauso verliebt in mich, wie ich in ihn, oder?

„Und selbst wenn es da etwas Dunkles in ihm gibt, das ich übersehen haben sollte – dann macht man vielleicht Schluss, aber doch nicht so. Seine Geschwister und die Freunde scheinen ja mit drin zu hängen. Ich komme mir vor wie in einem zweitklassigen Agententhriller.“

Mir lief schon wieder eine Träne über die Wange. Verdammt! Meine Hilflosigkeit wandelte sich mehr und mehr in Wut. Auf den, der mir das angetan hatte.

„Über Festnetz kannst du ihn nicht erreichen?“

Das liebte ich an meiner Freundin, sie dachte mit.

„Nein, er hat nur Handy, sagte er. Die Nummer weiß ich dummerweise nicht auswendig, sie war ja sicher eingespeichert, dachte ich.“

„Die Telefonliste deines Handys, da müsste sie doch auftauchen, wenn auch namenlos.“

„Auch die Einträge wurden gelöscht.“

„Hm. Du warst bei ihm zu Hause, sagtest du?“

„Ja, einmal. Wir haben uns sonst immer bei mir getroffen. Er hat nur eine winzige Wohnung in Heidelberg und wir waren doch beide so gern hier am See unterwegs.“

„Die Adresse weißt du noch?“

„Ja.“ Eifrig begann ich zu nicken. „Ja, das ist es, wir fahren hin.“

„Okay, Süße, aber erst morgen. Mutter und Kind brauchen ihren Schlaf und du siehst auch völlig fertig aus.“

Obwohl ich am liebsten sofort losgefahren wäre, musste ich Angelika recht geben.

Am nächsten Morgen war ich bereits vor dem Hellwerden wach. Während ich die werdende Mutter noch schlafen ließ, saß ich an meinem Schreibtisch und grübelte. Ich sah keinen, wirklich keinen Grund, dass Frank so ein falsches Spiel treiben sollte. Und seine Geschwister, der Wirt und die Kellnerin im Hotel, was hatten sie damit zu tun?

Nach einem kurzen Frühstück stiegen wir in mein Auto und fuhren los, vom Jagdfieber gepackt. Es war Sonntagvormittag und auf der Autobahn wenig

Verkehr. So dauerte es keine drei Stunden, bis wir Heidelberg erreichten und einen Parkplatz am Rande der Altstadt fanden. Von dort liefen wir die letzten paar hundert Meter zu Fuß.

„Hier ist es. Frank Egermeier." Ich atmete tief durch, war einerseits froh, dass sich Franks Klingelschild nicht ebenfalls in Luft aufgelöst hatte, bekam andererseits auch Angst vor dem, was mich erwarten könnte.

„Wenn er mich nun auslacht und sagt, dass unsere Beziehung nur ein Irrtum war?", jammerte ich.

Angelika legte mir beruhigend den Arm um die Schulter.

„Ich bin ja bei dir."

Bevor ich es mir eventuell anders überlegen konnte, streckte sie die Hand aus und drückte auf den Klingelknopf neben der Haustür.

Nichts passierte. Jetzt schob ich mich vor, drückte ebenfalls, Dauerklingeln. Er schlief sonntags gern lang, doch das sollte ihn aus dem Bett treiben.

Keine Reaktion. Enttäuscht und ratlos sah ich meine Freundin an. Sie visierte kurzerhand die beiden anderen Klingelknöpfe an und schellte dort.

„Ja?", tönte es fragend und misstrauisch von oben. Wir blickten hinauf und sahen eine ältere Dame, die sich in der zweiten Etage gefährlich weit aus dem Fenster lehnte, um einen Blick auf uns zu werfen.

„Wir wollten eigentlich zu Herrn Egermeier, aber vielleicht können Sie uns auch weiterhelfen“, flötete Angelika mit zuckersüßer Stimme.

Die Alte streckte ihren Hals noch weiter heraus, sodass ich unwillkürlich einen Schritt zurücktrat. Dann verschwand sie im Inneren des Hauses und wenige Augenblicke später kündete der Summer davon, dass uns Einlass gewährt wurde. Schwerfällig stieg Angelika die Stufen empor und ich folgte ihr. In der ersten Etage blieb sie kurz stehen, um zu verschnaufen, strich sich dabei über den Bauch. Nun konnte ich nicht anders und klopfte vorsichtig an die Tür. „Frank?“ Keine Reaktion.

Stattdessen klang es von oben: „Da ist niemand.“ Die alte Dame kam uns langsam entgegen, wobei sie auf jeder Stufe so komisch wackelte, was auf eine kaputte Hüfte hindeutete. Mit unverhohlener Neugier musterte sie Angelikas Babybauch.

„Was wollen Sie denn von Herrn Egermeier?“ Dabei blickte sie Angelika argwöhnisch und neugierig zugleich an.

„Also“, meldete ich mich stattdessen zu Wort, „ich bin seine, ähm, Freundin.“

Nur unwillig wandte die Alte ihren Blick von Angelika zu mir. Das Misstrauen darin schien noch stärker als vorher.

„Dann sollten Sie wissen, dass er schon seit Mai in Amerika ist, junge Frau."

„Sind sie sicher?" entfuhr es mir und damit hatte ich in ihren Augen völlig verspielt. Vorsichtig schob Angelika sich weiter in den Vordergrund, strich schon wieder über ihren Bauch, was jetzt ziemlich theatralisch wirkte. Nun fasste sie sich auch noch an die Stirn, wie in einer billigen Komödie, und seufzte: „Ach, mir wird so komisch. Könnte ich wohl einen Schluck Wasser haben, bitte?"

„Kommen Sie Kindchen, kommen Sie!" Die alte Dame lief die Treppe schneller hinauf, als sie hinunter gewackelt war, und bedeutete Angelika immer wieder mit der Hand, ihr zu folgen. Meine Freundin blinzelte mir kurz zu und ich konnte mir ein Schmunzeln nicht verkneifen. An ihr war eine Schauspielerin verloren gegangen.

„Hier entlang, in die gute Stube." Frau Pötsch, so las ich auf dem Türschild, ließ uns auf einem roten Plüschsofa Platz nehmen. Eine braun getigerte Katze strich neugierig um unsere Beine. Angelika erholte sich nach ein paar Schlucken Wasser erstaunlich schnell und lenkte das Gespräch vorsichtig wieder fort von Schwangerschaft und Baby und hin zu Frank Egermeier. Die alte Dame erhob sich und nahm ein gerahmtes Foto von der Anrichte. Liebevoll strich sie darüber, bevor sie es Angelika reichte. Ich war für sie Luft, wie es schien.

„Das ist er." Stolz schwang in ihrer Stimme mit, als sie auf einen kräftigen, blonden, vielleicht achtzehnjährigen jungen Mann mit Sakko und Schlips zeigte. Meine Freundin sah sie verständnislos an: „Wer?"

„Na, Frank. Mein Enkel. Da hat er gerade Abitur gemacht. Er studiert Medizin und ist jetzt für ein Jahr in Chicago." Ich schüttelte den Kopf und Angelika knuffte mich unauffällig in die Seite, dass ich jetzt bloß meinen Mund halten sollte.

„Wie alt ist ihr Enkel denn jetzt?" Wieder diese zuckersüße Stimme, sie hatte es echt drauf.

„Vierundzwanzig."

„Und ihr Enkel war nicht zwischendurch auf Besuch hier, zum Beispiel im Oktober?", hakte Angelika vorsichtig nach.

„Ach nein, er kann ja nicht einfach herfliegen, das ist zu teuer." Die alte Dame seufzte. „Dabei habe ich ihn gerade im Oktober sehr vermisst, als ich für zwei Wochen im Krankenhaus lag."

„Oh je, wer hat sich denn da um ihre Katze gekümmert?", fragte Angelika mitleidig.

Frau Pötsch lächelte. „Wissen Sie, Kindchen, ich habe eine große Familie – Kinder, Enkel,

Großnichten und -Neffen. Auf die ist Verlass." Sie stellte das Foto auf die Anrichte zurück und blieb neben der Tür zum Flur stehen. Angelika deutete dies als Zeichen, dass die Fragestunde beendet war, und verabschiedete sich. Ich trottete wie ein Depp hinterher.

„Kommen Sie ruhig mal wieder, Kindchen", rief Frau Pötsch ihr im Treppenhaus nach. „Und passen Sie auf Ihre Freundin auf." Das klang wie: *Aber bringen Sie die bloß nicht wieder mit.*

„Das war nicht Frank!", platzte ich heraus, kaum das wir um die nächste Häuserecke gebogen und somit außer Hörweite waren.

„Mein Frank ist schlank, hat schwarze Haare, arbeitet irgendwo als Computerspezialist. Und", triumphierend sah ich meine Freundin an, „er ist sechsunddreißig."

„Aber er heißt wohl nicht Frank. Du warst wirklich in seiner Wohnung? Hier in dem Haus?"

„Ja, ich könnte Dir genau beschreiben, wie es dort aussah. Alles ziemlich klein und praktisch eingerichtet."

„Was ja auch einen Sinn ergibt, wenn es sich um eine Studentenbude handelt." Angelika ging langsam weiter und ich folgte ihr, wollte nur noch weg, fort aus Heidelberg.

„Hm, dann muss dein Prinz irgendwie an den Schlüssel von diesem Frank gekommen sein. Vielleicht ist er ja jemand aus der großen Verwandtschaft, von der sie sprach, der dir, von Anfang an, Theater vorgespielt hat. Bleibt immer noch die Frage nach dem Warum.“

Seltsamerweise war ich zunächst ruhiger nach dem Gespräch mit Frau Pötsch, bei dem ich nur Zuhörer gewesen war. Wollte ich wirklich noch wissen, was hinter dem ganzen Theater steckte oder wollte ich einfach in Ruhe gelassen werden? Angelika akzeptierte das und so drehte sich unser Gespräch während der Rückfahrt um sie, ihren Mann Martin, das Baby, die Schweiz …

Natürlich bestätigte sich meine Vermutung, dass Angelika gar nichts in Konstanz zu erledigen hatte und nur meinetwegen hergekommen war. So brachte ich sie am nächsten Morgen zum Zug, bevor ich zur Arbeit ins Büro fuhr. Der Alltag hatte mich wieder. Zwar versuchte ich, jeden Gedanken an Frank, wie ich ihn immer noch nannte, zu verdrängen, doch es gelang mir nicht. Tagsüber vergrub ich mich in Arbeit und lenkte mich damit ab. Spätestens abends im Bett kamen die Fragen, tanzten wie kleine böse Geister in meinem Kopf herum und hinderten mich am Einschlafen. Wenn ich dann irgendwann für kurze Zeit in einen unruhigen Schlaf fiel, erwachte ich wenig später wieder, nur um mich für den Rest der Nacht im Bett hin und her zu wälzen und kein Auge mehr zu zu tun.

Mit Angelika telefonierte ich regelmäßig, aber wir sprachen nie mehr über Frank. Ich vermied das Thema, da es nichts Neues zu berichten gab. Und sie? Glaubte sie mir wirklich? Immerhin hatte sie sich nach ihrem Besuch mit dem freundlichen Rat verabschiedet, ich sollte vielleicht einen Therapeuten aufzusuchen. Ich war wie besessen davon, ein winziges Zeichen dafür zu finden, dass Frank existierte, mir selbst zu beweisen, dass ich nicht verrückt war. Da ich aber nicht einmal seinen richtigen Namen wusste, machte es wenig Sinn, ihn per Google zu suchen oder Heidelberger Firmen nach ihren IT-Mitarbeitern zu fragen. Bei Frau Pötsch brauchte ich es schon gar nicht versuchen. Ihn bei der Polizei als vermisst melden? Lächerlich. Mister X war ja nicht wirklich verschwunden, sondern wollte nur von mir nicht gefunden werden. So blieb ich allein mit meiner Grübelei, die mich mehr und mehr gefangen nahm. Mir schmeckte kein Essen mehr, ich magerte ab, schminkte mich nur noch sehr nachlässig, wählte meine Kleidung lustlos aus, hatte an nichts mehr Freude.

Es kam die Weihnachtszeit. In den Jahren zuvor hatte ich nach der Arbeit gern den einen oder anderen

Glühwein mit meinen Kollegen getrunken. Der Weihnachtsmarkt am See war für mich immer der schönste in ganz Deutschland gewesen. In diesem Jahr zog es mich nicht ein einziges Mal dorthin. Die Feiertage verbrachte ich bei meiner Mutter in Stuttgart, zusammen mit meiner Schwester, ihrem Mann und meinen beiden kleinen Nichten. Zum Glück beschäftigten die quirligen Kleinen die Familie so sehr, dass niemandem auffiel, wie wenig ich sagte. Erleichtert, dem heile-Welt-Gedudel entronnen zu sein, fuhr ich bereits am Morgen des zweiten Feiertages wieder nach Hause. Zu Silvester schlug ich alle Einladungen aus, wollte keine bunte Party, sondern vergrub mich in meiner Wohnung. Öffnete eine Flasche Rotwein, zündete eine Kerze an, legte klassische Musik auf und dachte über mein Leben nach. Was war nur schief gelaufen?

Die Sache mit Frank war ein Desaster, die größtmögliche Verarsche, die ich mir vorstellen konnte. Irgendwie hatte ich mit Männern kein Glück. Verliebte ich mich in die Falschen oder verliebten sich die Falschen in mich? Holger zum Beispiel. Wir waren uns vor einem Jahr beim Eislaufen auf dem See begegnet, wo ich ihn fast über den Haufen gefahren hatte. Statt sauer zu sein, hatte er sich für die stürmische Begrüßung bedankt und mich auf einen Glühwein am Ufer der Reichenau eingeladen. Danach hatten wir uns zum Kartfahren und Klettern verabredet, uns auf den Hegauvulkanen wilde

Schneeballschlachten geliefert, waren gemeinsam durch Kneipen gezogen und hatten jede Menge Spaß gehabt. Bis er eines Tages von Heiraten sprach. Da wurde mir bewusst, dass er nicht der Richtige war, ich ihn nie lieben würde. Nachdem ich ihm das unmissverständlich gesagt hatte, hörte ich nie wieder von ihm. Ein bisschen schwermütig holte ich mein Fotoalbum hervor. Von Holger und mir besaß ich noch Bilder. Ich lächelte, als ich die Fotos nun wieder sah. Holger war wie ein Clown, der mich immer wieder zum Lachen gebracht hatte. Aber wer will schon einen Clown heiraten?

Angenehme Erinnerungen stiegen in mir auf, als ich die Bilder vom Hohentwiel betrachtete. Wir hätten von mir aus gerne Freunde bleiben können. Moment, was war das? Auf der nächsten Seite hatte ich Fotos eingeklebt, die Holger mir geschenkt hatte. Sie waren entstanden, bevor wir uns kennengelernt hatten, und zeigten alle sein typisches, lausbubenhaftes Lächeln. Er am Strand von Hurghada, mit einem süßen, streunenden Hund. Holger auf dem Empire State Building, im Hintergrund die Wolkenkratzer von New York. Er als Pirat geschminkt, wobei eine gewisse Ähnlichkeit zu Johnny Depp nicht zu leugnen war. Ein kahler Apfelbaum, an dem ein einziger roter Apfel hing. Das letzte Foto war definitiv nicht von Holger. Das hatte ich gemacht, im Herbst, kurz bevor ich Frank begegnet war. Es hatte, mit anderen Naturfotos zusammen, lose vorn im Album gelegen, da war ich mir sicher. Meine Gedanken tanzten Pirouetten, ich bekam sie nicht zu fassen. Welches Foto fehlte hier und war durch das Apfelbild ersetzt worden? Warum und vor allem, von wem?

Ich fröstelte, obwohl die Heizung voll aufgedreht war. Hatte dieser Fototausch etwa auch mit den Ereignissen um Frank zu tun? Seit dem folgenschweren Abend im Schwarzwald hatte ich keinen Alkohol mehr angerührt. Es mag an dem Glas Rotwein gelegen haben, dass ich nun plötzlich mutig wurde. Alles in mir drängte danach, Holger anzurufen. Unbedingt. Jetzt. Zwar hatte ich seine Nummer längst aus meinem Handy gelöscht, doch kannte ich seinen Namen und wusste von der Wohnung im Haus seiner Eltern in Ravensburg. Wobei Haus untertrieben war, Villa traf es eher. Einmal waren wir gemeinsam dort gewesen und Holger hatte von früheren Kindergeburtstagspartys im riesigen Garten der Villa geschwärmt. Er bewohnte das ehemalige Gärtnerhaus, einen Anbau mit eigenem Zugang. Unbemerkt von seiner Familie hatten wir uns spätabends hinein und am Morgen wieder hinausgeschlichen.

Der Computer blinkte einladend, ich rief das Onlinetelefonbuch auf, Ravensburg, Samson … Da,

Federburgstraße, das waren sie. Automatisch griff ich zum Telefon und gab die Nummer ein. Während am anderen Ende der Wählton erklang, überlegte ich, was ich sagen sollte, wenn jemand von seiner Familie abhob. Es war Silvester, kurz nach 22 Uhr. Ich könnte mich damit herausreden, ihm alles Gute zum neuen Jahr wünschen zu wollen.

„Samson?“, eine fragende, schon etwas älter klingende Frauenstimme meldete sich, wahrscheinlich seine Mutter.

„Hallo, hier ist Nadine“, gab ich mich fröhlich. „Ich würde gern mit Holger sprechen.“

„Nadine ...“ wurde mein Name am anderen Ende wiederholt. Dann war es still. Ich wartete, doch nichts passierte. Gerade wollte ich mich wieder in Erinnerung bringen, aber das *Hallo* blieb ungesagt auf meinen Lippen kleben.

„Holger ist tot. Rufen Sie nie wieder hier an.“ Aufgelegt.

Ich war wie betäubt, hielt noch lange den Hörer ans Ohr, bis das Tuten des Besetztzeichens endlich bis in mein Hirn vordrang.

Holger war tot? Der fröhliche, lachende Holger? Das wollte ich einfach nicht glauben.

Was war passiert? Wie war es passiert? Nur zu gern hätte ich seine Mutter danach gefragt. Vielleicht war er erst vor Kurzem gestorben und der Schmerz saß noch so tief in ihr, dass sie deshalb nicht mit mir reden wollte? Während ich noch vor mich hin grübelte, flogen meine Finger wie von selbst über die Tastatur, tippten Holgers Namen ein. Google lieferte zehn Seiten voller Suchergebnisse. Ich reduzierte auf drei Seiten, indem ich Ravensburg hinzufügte. Aktuelle Beiträge zuerst. Da war etwas. Ein Nachruf seines Arbeitgebers, datiert auf Ende März, also kurz nach unserer Trennung. Von einem tragischen Unglücksfall war die Rede. Völlig aufgewühlt durchforstete ich die Polizeinachrichten und Unfallmeldungen der lokalen Presse aus dem fraglichen Zeitraum. Tränen schossen mir in die Augen, als ich Berichte über den Sturz von einer hohen Brücke lesen musste. Von Holger S., 32 Jahre, war die Rede und dass Selbstmord nicht ausgeschlossen sei. Um Himmelswillen, war das etwa meine Schuld? Weil ich ihn zurückgewiesen hatte, nicht heiraten wollte?

Während mir die Tränen nun in Strömen die Wangen hinab liefen, fingerte ich in meiner Bürotasche herum, die unter dem Schreibtisch stand. Dabei fand ich nicht nur die gesuchten Papiertaschentücher, sondern auch den Memorystick, auf dem ich mir manchmal Arbeit vom Büro mit nach Hause nahm. Nachdem ich mich kräftig geschnäuzt und die

Tränen abgewischt hatte, wurde mein Blick wieder klar und ich überlegte. Hatte ich nicht damals die Fotos von Holger auf den Stick kopiert, um in der Mittagspause zum Fotoladen zu laufen und die Papierabzüge anfertigen zu lassen? Kaum war der Gedanke zu Ende gedacht, steckte auch schon der Stick in meinem Computer. Tatsächlich, die Fotos waren noch da, unter *Privat* abgespeichert. Eine innere Stimme sagte mir, dass ich kurz vor der Lösung all der Rätsel des zu Ende gehenden Jahres stand. Während draußen Glockengeläut und das Knallen und Pfeifen der Silvesterraketen den Beginn des neuen Jahres verkündeten, klickte ich mich durch Holgers Fotos. Fand das eine, das in meinem Album ersetzt worden war. Es zeigte Holger im Garten der Villa mit seiner Familie. Hinter ihm, die etwas ältere Frau, musste seine Mutter sein. Sie lächelte stolz in die Kamera. Neben ihr vermutlich Holgers Vater. Er hatte den Arm liebevoll um die Schultern seiner Frau gelegt. Rechts von Holger erkannte ich Frank und Michi, links Beate.

DER WICHTIGE MANN

Es war einmal ein wichtiger Mann. Der war so wichtig, dass er überall seinen Senf dazugeben musste. Täglich kamen Menschen und fragten ihn um Rat, weil sie glaubten, wer so wichtig sei, der wäre auch klug. Es ging das Gerücht, er habe die Weisheit mit Löffeln gefressen.

Der wichtige Mann war nicht schön. Er war klein, rundlich und sein kahler Kopf sah dem Vollmond sehr ähnlich. Vielleicht glaubten deshalb manche, er wäre erleuchtet. Der wichtige Mann selbst hielt sich gar nicht für so klug. Allerdings war er klug genug, diesen Gedanken vor anderen zu verbergen. Einzig seine Frau hatte ihn schon vor Jahren durchschaut. Jedoch behielt sie dieses Geheimnis ebenfalls für sich, da sie im tiefsten Innern stolz war, die Frau eines wichtigen Mannes zu sein.

Genau genommen war der Kopf des wichtigen

Mannes gar nicht kahl. Sein ganzer Stolz war ein einziges Haar. Das pflegte er sorgfältig. Er wusch es jeden Morgen und strich vorsichtig eine wohlriechende Lotion hinein. Stets war er darauf bedacht, es nach der neuesten Mode zu frisieren, denn die Menschen sahen zu ihm auf, auch wenn große Leute zu ihm hinab sehen mussten. Trug er sein einzelnes Haar nach links gescheitelt, frisierte es am nächsten Tag die ganze Stadt so. Band er es am Hinterkopf zu einem Zopf, so konnte man am nächsten Tag jeden Mann, der etwas auf sich hielt, mit ebendieser Frisur durch die Stadt stolzieren sehen. Die Menschen glaubten, dass sich dadurch etwas von der Würde unseres Mannes auf sie übertrug. Schließlich war es sein wohl frisierter Kopf, dem wichtige und kluge Gedanken entsprangen.

Eines Tages geschah etwas Unerhörtes. Es begann damit, dass der Bürgermeister seinen Besuch ankündigte, da er in einer heiklen Angelegenheit des wichtigen Mannes Rates bedurfte. Dessen gar nicht so wichtige Frau fühlte sich heute besonders wichtig. Sie stand bereits am frühen Morgen in der Küche, buk und brutzelte, dämpfte und dünstete, siedete und schmorte. Wundervolle Düfte zogen durch das Haus und verhießen die Genüsse des Abends, wenn der Bürgermeister mit seiner Gattin zum Essen erscheinen würde. Angelockt von diesen Wohlgerüchen, führte den wichtigen Mann sein erster Weg nicht wie üblich ins Bad, sondern in die

Küche, wo er einen Blick in all die Tiegel und Töpfe, Schüsseln und Pfannen warf, mit denen seine Frau eifrig hantierte. Natürlich unterließ er es nicht, überall seinen Senf dazuzugeben, warf hier ein paar Körnchen Salz hinein, dort ein Kräuterstängelchen. Probierte, schmeckte ab und verließ, zur Erleichterung seiner Frau, fröhlich pfeifend die Küche, voller Vorfreude auf das abendliche Festmahl und mit der guten Gewissheit, alles auf den rechten Weg gebracht zu haben.

Wenig später ließ ein markerschütternder Schrei die Mauern des Hauses erzittern. Getrieben von schrecklichen Vorahnungen, eilte die Frau des wichtigen Mannes aus der Küche herbei und fand ihn schluchzend, auf Knien, im Badezimmer vor. Bei diesem Anblick blieb ihr fast das Herz stehen, denn so hatte sie ihren Mann noch nie gesehen. Panisch begann er umherzurutschen, während seine Hände zitternd über den Marmorfußboden glitten. Ein Stöhnen entrann seiner Kehle, das allen Schmerz der Welt in sich zu vereinen schien.

„Um Himmelswillen, was ist denn bloß passiert?“ Ihre Augen, groß wie Teetassen, blickten angsterfüllt.

„Es ist fort“, schluchzte der wichtige Mann. „Mein Haar! Es ist verschwunden.“

Dass dies einer Katastrophe gleichkam, verstand seine Frau sofort und half ihm suchen.

Die beiden kehrten das Unterste ihres Hauses zuoberst. Suchten im Bad und im Flur, im Salon, im Schlafzimmer und im Keller, in der Küche und sogar im Waschhaus, das der wichtige Mann noch nie betreten hatte. Alles Suchen half nichts, das einzige Haar unseres Mannes blieb verschwunden. Stattdessen entdeckten sie auf dem Speicher die alte Modelleisenbahn, mit der der wichtige Mann gern gespielt hatte, als er noch ein unwichtiger Junge war. Etwas kleines Dunkles, auf dem obersten Brett des Bücherregals, ließ die Suchenden kurzzeitig Hoffnung schöpfen. Es entpuppte sich aber als Mäusedreck, hinter dem das große, zwanzigbändige Lexikon mit stolzer Brust, jedoch ungelesen, thronte. Vor lauter Wichtigkeit war der Mann nämlich seit Jahren nicht mehr dazu gekommen, ein Buch in die Hand zu nehmen. Dafür hatte er schlichtweg keine Zeit.

Der Abend rückte näher, die Frau war in die Küche zurückgekehrt und trug bereits wieder ein Lächeln auf dem Gesicht, während sie, um sich herum, die herrlichsten Speisen munter vor sich hin köcheln sah. Ihr Mann hingegen saß gramgebeugt in seinem roten Ohrensessel. Tiefe Sorgenfalten gruben sich in seine Stirn, die nun, ihres prächtigen Schmuckes beraubt, noch kahler und höher erschien, als je zuvor. Er dachte eine Weile angestrengt nach. Wie aus heiterem Himmel glättete sich sein Gesicht, ja, ein leichtes Lächeln huschte darüber. Ihm war gerade die vielleicht wichtigste Idee seines Lebens in den Kopf gekommen. Voller Tatendrang sprang er auf, legte sein bestes Gewand an und stolzierte würdevoll hinüber in den Salon. Dort kontrollierte er noch einmal die gedeckte Tafel, rückte hier ein Glas gerade und richtete dort eine Gabel aus. Nun war alles perfekt.

Kurz darauf kündete das fröhliche Läuten der Türglocke den Bürgermeister nebst Gattin an. Der wichtige Mann setze seinen wohlwollensten Blick auf, überprüfte diesen im Spiegel des Flures, als er daran vorbei schritt, und öffnete schließlich die Tür. Voller Würde begrüßte er die Gäste, die draußen auf dem Treppenabsatz stehen geblieben waren und ihn zunächst seltsam zurückhaltend musterten. Im Kopf des Bürgermeisters ratterten die Gedanken wie ein Güterzug in voller Fahrt. Seine Gattin blickte fragend zwischen ihm und dem wichtigen Mann hin und her.

„Ah!“ entfuhr es dem Bürgermeister, als ihm ein Licht aufging.

„Oh“ atmete seine Gattin erleichtert auf. Sie hatte zwar nichts verstanden, folgte jedoch, wie gewöhnlich, dem Beispiel ihres Mannes.

Nun wurden Hände geschüttelt und Schultern geklopft. Passanten verlangsamten ihre Schritte und warfen verstohlene Blicke auf die Begrüßungsszene. Vor allem aber auf das Haupt des wichtigen Mannes. Morgen wüsste die ganze Stadt, welch geniale Frisur seinen Kopf heute zierte und alle, alle würden es ihm nachtun. Wären ihre Häupter erst einmal kahl, käme so schnell kein Gedanke an Zopf oder Scheitel mehr auf. Innerlich klopfte sich unser Mann selbst auf die Schulter, ob seines Einfalls, bevor er die Gäste in den Salon führte, ihnen Platz anbot, und seine Frau begann, das Essen aufzutragen.

Angenehm plaudernd begannen sie zu speisen, redeten zunächst über Belanglosigkeiten wie das Wetter oder den Flug der Kanadischen Schneegänse. Die Suppe wurde aufgetragen, ihr würziger Duft ließ allen das Wasser im Munde zusammenlaufen. Ein huldvolles „Wohl bekomm's!“, aus dem Munde des wichtigen Mannes, war das Signal, auf das die Anwesenden schon gewartet hatten, um nun zu ihren Löffeln zu greifen.

Doch was war das? Der Bürgermeister schmetterte seinen Löffel klirrend auf den Tisch zurück, während er gleichzeitig aufsprang, sich die feine, weiße Stoffserviette vom Hals riss und diese ebenfalls auf den Tisch warf. Mit vor Entsetzen weit aufgerissenen Augen rief er entrüstet:

„Da ist ein Haar in meiner Suppe!“

Sogleich tat seine Gattin es ihm nach, sprang ebenfalls auf und ließ Löffel und Serviette entrüstet auf den Tisch fallen. Beide verließen umgehend, ohne ein weiteres Wort, das Haus.

Von nun an ließen die Menschen der Stadt kein gutes Haar an dem wichtigen Mann, denn es sprach sich schnell herum, dass man selbiges in seiner Suppe gefunden hatte. Niemand wünschte noch seinen Rat. Seltsamerweise war es unserem Mann ganz lieb, plötzlich nicht mehr wichtig zu sein. Er holte sein zwanzigbändiges Lexikon vom obersten Regalbrett herunter und las darin. Dabei stellte er mit Verwunderung fest, was er alles nicht wusste und empfand zurückblickend sogar ein wenig Schadenfreude, dass die Menschen ihn trotzdem immer für klug gehalten hatten. Wenn ihm das Lesen, wegen der kleinen Schrift, zu anstrengend wurde, spielte er fröhlich mit seiner elektrischen Eisenbahn. Manchmal ließ ihn seine Frau sogar in der Küche beim Gemüseputzen helfen. So lebten die beiden fortan vergnügt und unwichtig vor sich hin.

In der Stadt aber sieht man heute noch Männer, mit würdevoller Miene, die letzte geniale Frisur des ehemals wichtigen Mannes, spazieren tragen: den kahlen Kopf.

DIE QUELLE

„Im Mittelalter war mit dem Gähnen der Glaube an Dämonen und Teufel verbunden – man hatte Angst, diese könnten durch den geöffneten Mund in den Körper eindringen oder die Seele könne aus dem Körper entweichen. Daher stammt die Gewohnheit, sich die Hand vor den Mund zu halten.“ (Wikipedia)

*****

Ulrike wickelt die Leine fester um ihr Handgelenk. Nicht etwa, weil sie Angst hat, Finja, ihre siebenjährige Labradorhündin, könnte sich losreißen. Das tut Finja nie, ganz im Gegenteil. Sie gibt ihr ein Gefühl der Sicherheit in der Nacht. Natürlich ist es Unsinn, sich zu fürchten, nur weil die Schatten der

Bäume im Mondlicht nach ihr zu greifen scheinen. Kahl und zerzaust stehen sie da, mit ihren stolzen Kronen, die sich vor Kurzem noch mit süßen Äpfeln schmückten. Einzelne Spinnenfäden hängen in der Luft, im fahlen Mondlicht unsichtbar, streichen über das Gesicht der Frau wie dünnes Haar. Sie hat keine Angst vor Spinnen, gönnt ihnen, auf diese Weise zu reisen.

Ulrike zieht den Reißverschluss ihrer Jacke bis zum Anschlag hoch und schreitet nun kräftiger voran. Ihr ist kalt, sie ist müde und will ins Bett. Ohne ihren Hund gäbe es für sie keinen Grund, zu dieser späten Stunde noch unterwegs zu sein. Sie bleibt stehen, während Finja sich am Wegesrand niederhockt und kurz darauf ein leises Plätschern ertönen lässt. Diese Spinnenfäden sind überall. Schon wieder spürt Ulrike etwas Dünnes, wie ein einzelnes Haar, über ihr Gesicht gleiten. Sie gähnt herzhaft und schmunzelt innerlich bei der Vorstellung, welch seltsames Bild sie hier abgeben. Ein pinkelnder Hund und daneben eine Frau mit weit aufgerissenem Mund. Zum Glück liegt das Dorf hinter ihr bereits in tiefem Schlaf und vor ihr breiten sich nur leere Wiesen aus. Niemand kann sie sehen. Glaubt sie.

Den Weg nach Hause legt sie im Dauerlauf zurück. Atmet dabei kräftig ein und aus, als wolle sie ihre

Lungen mit einem Vorrat an Sauerstoff betanken. Finja trottet neben ihr her. Für den Hund scheint es jetzt ebenfalls nichts Wichtigeres zu geben, als nach Hause zu kommen. Dort hängt Ulrike Jacke und Hundeleine an die dafür vorgesehenen Haken, stellt ihre Schuhe, die vom Tau der Nacht feucht geworden sind, auf die genoppte Gummimatte und verschließt die Tür sorgfältig. Den Schlüssel lässt sie von innen stecken. Ron wird heute nicht mehr kommen und auch die nächsten Tage nicht. Sie haben am Nachmittag eine gute Stunde miteinander telefoniert. Das sollte für die nächsten Tage ihr letztes Gespräch bleiben und Ulrike versucht, all die lieben Worte, die er ihr sagte, im Gedächtnis zu behalten. Jetzt ist ihr Mann bereits in den Bergen Patagoniens unterwegs. Sein großer Traum, den er sich zu seinem vierzigsten Geburtstag erfüllen wollte. Allein. Ein letztes, großes Abenteuer, wie er meinte. Einsam durch die windigen Berge wandern, abgelegene Höhlen erkunden, das bequeme Ehebett tauschen gegen ein hartes Lager in eisiger Kälte. Die teure Ausrüstung hat er sich selbst geschenkt, für das Flugticket legten die Freunde zusammen. Sie alle haben ihn zum Flughafen begleitet, ihn fröhlich verabschiedet, wobei Ulrike doch schwer ums Herz war. Nun müssen sie warten, bis er hoffentlich unversehrt zurückkehrt. Den Kopf gefüllt mit Erinnerungen, die Kamera voller spektakulärer Fotos.

Ulrike ruft sich das vertraute Gesicht ihres Liebsten

vor Augen. Stellt sich vor, wie er am anderen Ende der Welt mutterseelenallein in seinem Schlafsack liegt. Mit diesem Gedanken schläft sie ein.

Ich habe nur noch diese eine Chance. Wenn ich es nicht schaffe, ist alles verloren und ich werde die Wartenden nie wieder sehen. Ruhig, ganz ruhig, konzentriere dich auf diesen letzten Versuch, spreche ich mir selbst Mut zu. Ich weiß nicht, wie lange ich hier schon hänge, die Energie lässt nach, ich muss unbedingt hinein. Jetzt.

Um mich in die richte Position zu bringen, pendele ich hin und her. Schwinge weit und weiter, bis ich sie genau vor mir sehe. Das Innere der Höhle atmet Dunkelheit, ich kann nicht erkennen, wo ich landen werde. All mein Wissen ist Theorie, gesammelt und aufgeschrieben von anderen. Egal. Letzte Chance. Ich schalte um auf Springen, löse mich und schieße nach vorn, wo die Schwärze der Höhle mich umfängt.

Die Landung ist sanfter als erwartet, ich lande weich und ein Teil von mir möchte liegen bleiben, ausruhen. Jedoch muss ich weiter, tiefer. Bald die Quelle *finden. Sofort aber weg von hier, vom Eingang, wo heftige Winde an mir zerren. Alles scheint in Bewegung zu sein, ich fühle ein Beben und Zittern um mich herum. Jeder Schritt kann tödliche Folgen haben, wenn er in die falsche Richtung führt. Ich leuchte tiefer ins Innere der Höhle, gleite vorsichtig über den Boden dorthin, fort vom Eingang. Der Wind lässt nicht nach, reißt an mir und schüttelt mich, bösartig, als wolle er mir die letzte Energie rauben.*

Der Schein der Lampe fällt auf etwas Großes, das vor mir von der Decke der Höhle herab wächst, eine Art Stalaktit. Er wurde in den Berichten der anderen erwähnt. Wenn ich es bis dorthin schaffe, bin ich vorübergehend in relativer Sicherheit. Die Wände sind feucht und glatt, mehrfach rutsche ich ein Stückchen wieder zurück, das ich bereits erklommen glaubte. Endlich gelingt es mir, mich soweit emporzuarbeiten, dass ich mich genau hinter dem Stalaktiten befinde. Ich treibe ein paar Haken tief in die Wand, sodass ich festen Halt finde. Die spitze Sonde des Mikrogenerators dringt ebenfalls tief ein. Ein leises Summen bestätigt mir, dass die Akkus mit wertvoller Energie aufgeladen werden. Solange darf ich ruhen.

Der Morgen erwacht und taucht die ganze Welt in ein sanftes, orangenes Licht. Nebelschwaden tanzen über den Wiesen, versprechen, sich aufzulösen, um es einen heiteren Tag werden zu lassen.

Ulrike hat keinen Blick für diese Schönheit, die sich unmittelbar vor ihrem Fenster ausbreitet. Sie hat schlecht geschlafen, wirr geträumt und fühlt sich nun zerschlagen und kraftlos. Womöglich ist eine Erkältung im Anmarsch, denn beim Schlucken tut ihr der Hals weh. Ein Tee wird ihr guttun. Sie schleicht mehr, als dass sie geht, hinaus in den Garten und pflückt ein paar Salbeiblätter, deren samtige Oberfläche noch den Morgentau festhält. Finja begleitet sie dabei, schnüffelt einmal am Zaun entlang und kehrt wenig später mit ihr ins Haus zurück. Während der Wasserkocher leise sein Morgenlied summt, versucht Ulrike sich an die Träume der Nacht zu erinnern. Ron kam darin vor, aber was noch? Ein Gefühl von Gefahr, nicht wirklich fassbar, dennoch lässt es sie frösteln.

Der Tee rinnt durch ihren Hals. Sie hat einen Löffel Honig hineingerührt, der sich wie eine sanfte Decke glättend und beruhigend auf den Schmerz legt. Dafür scheint ihr Magen nun zu rebellieren. Irgendwo in der Tiefe löst sich Luft, bahnt sich ihren Weg nach oben und entweicht mit einem kleinen, befreienden Rülpser. Ulrike hüllt sich in Rons dicke, braune Wolljacke mit dem Zopfmuster, die sie ihm vor Jahren zu Weihnachten gestrickt hat. Der vertraute Geruch gibt ihr ein Gefühl von Geborgenheit und Sicherheit. In ihrem Arbeitszimmer, unten im Haus, wartet ein Berg Mandantenunterlagen darauf, geordnet und gebucht zu werden. Seufzend steigt sie die Treppe hinab, gefolgt von Finja, die sich, wie gewohnt, zu ihren Füßen unter dem Schreibtisch niederlässt. Doch etwas ist anders heute, der Hund kommt nicht zur Ruhe, erhebt sich immer wieder, streicht Ulrike unruhig um die Beine und sieht stumm zu ihr auf.

Ich spüre plötzlich Hitze an meinen Beinen. Im ersten Moment weiß ich nicht, wo ich bin. Das Summen des Generators holt mich in die Gegenwart zurück. Die Anzeige des Akkus ist wieder auf einhundert Prozent geklettert, während ich schlief. Das ist gut, denn heute werde ich viel Energie benötigen. Die Hitze an den Beinen wird unangenehmer, steigt höher. Ich muss fort von hier, weiter. Schnell verstaue ich die Sonde und alle Haken, bis auf einen letzten, der mir noch Halt gibt. Vor mir liegt der wohl schwierigste Teil der Expedition. Um zur Quelle *zu gelangen, muss ich durch die Wand. Das entsprechende Werkzeug ist zwar Teil meiner Ausrüstung, doch habe ich es nie zuvor benutzt. Dabei darf ich keinen Fehler machen, muss es genau im richtigen Winkel ansetzen. Eine winzige Abweichung ließe mich das Ziel verfehlen und könnte schreckliche, endgültige Folgen haben, für mich und die Wartenden.*

Immer wieder prüfe ich, rechne, vergleiche mit dem, was ich von den Erfahrungen der anderen weiß. Gerade will ich ansetzen, den gewählten und markierten Punkt mit den Augen fixierend, da kündet ein aus der Tiefe dringendes Grollen Unheil an. Ein starker Wind fegt an mir vorbei, reißt mich fast mit, da ich nur noch mit einem Haken gesichert bin. Ich rutsche ein Stück in die Tiefe, pendele hin und her, bevor ein winziger Vorsprung der Wand mir Halt gibt und ermöglicht, mühsam wieder nach oben zu gelangen. Gut, dass ich die Markierung bereits angebracht habe und so den Punkt sofort wiederfinde. Ein letzter prüfender Blick, dann starte ich die Maschine und beobachte fasziniert, wie der Spreizbohrer seine Arbeit beginnt. Gnadenlos und präzise frisst er sich durch die Wand. Unaufhaltsam und, wie ich hoffe, auf dem richtigen Weg, nähert er sich der Quelle. *Als die Öffnung groß genug ist, folge ich ihm. Der Vorteil des Spreizbohrens ist, dass das Material nicht abgetragen, sondern mit starkem Druck beiseite gedrängt wird. Nur ein schmales Rinnsal dunkler Flüssigkeit läuft langsam an mir vorbei und versickert in den Tiefen der Höhle.*

Ulrike schaut erneut zur Uhr. Die Zeiger scheinen heute über das Zifferblatt zu schleichen. Sie kommt mit der Arbeit kaum voran, denn es fällt ihr zunehmend schwerer, sich zu konzentrieren. Das Halsweh ist schlimmer geworden. Hatte sie am Morgen nur beim Schlucken Beschwerden gespürt, brennt jetzt ihr ganzer Rachen wie Feuer, begleitet von einem dumpfen, bohrenden Kopfschmerz. Als sei das nicht Qual genug, führt Finja sich immer sonderbarer auf. Sie jault, legt schnüffelnd ihren Kopf auf Ulrikes Knie, nur um in nächsten Moment mit leisem Winseln wieder fortzuspringen. Zweimal hat Ulrike sie in den Garten geschickt, doch jedes Mal ist der Hund wenig später zurückgekehrt, um seine Nerverei erneut zu beginnen und dadurch ihren Kopfschmerz noch zu verstärken. Trotz der voll aufgedrehten Heizung und der dicken Jacke friert Ulrike wieder. Entschlossen schiebt sie den Stuhl zurück, schaltet den Computer aus und geht nach oben. Vielleicht täte ein kurzer Mittagsschlaf ihr gut. Mit kalten Fingern wühlt sie im Badezimmerschrank, findet die Schmerztabletten und, ganz hinten, eine seit einem halben Jahr abgelaufene, aber noch zu einem Drittel gefüllte Flasche mit Gurgellösung. Ulrike zögert nur kurz. Dann, nachdem sie eine Tablette mit einem Schluck Wasser hinuntergespült hat, setzt sie die Medizinflasche direkt an die Lippen. Sofort breitet sich ein Taubheitsgefühl in ihrem Mund- und Rachenraum aus. Trotzdem ist der Geschmack der Lösung ekelerregend, scharf und lässt ihr die Tränen in die Augen treten. Sie gurgelt, speit aus und fällt wenig später erschöpft auf ihr Bett. Gerade noch gelingt es ihr, sich die Decke über den Körper zu ziehen, da sinkt sie bereit in einen unruhigen Schlaf.

Es geht gut voran. Wenn meine Berechnungen stimmen, habe ich bereits zwei Drittel des Weges zur Quelle *zurückgelegt. Durch den Schacht dringen aus der Höhle seltsame Geräusche herauf. Einer der Sensoren schlägt aus, weil die Konzentration einer bestimmten Subtanz den Grenzwert überschreitet. Ich bin beunruhigt, doch es gibt kein zurück. Weiter, ich muss weiter. Wenn alles gut läuft, müsste ich gleich eine weitere Höhle erreichen.*

Wenig später gibt es einen heftigen Ruck, als sich dem Spreizbohrer fast kein Widerstand mehr entgegensetzt. Ich stoppe ihn sofort und spähe vorsichtig nach vorn. Erleichterung kommt auf, denn ich bin auf dem richtigen Weg. Vor mir liegt die nächste Höhle. Sie ist zu einem Großteil mit einer gallertartigen Kugel ausgefüllt, von der verschiedene Stränge ausgehen und in der Rückwand verschwinden. Diesen Kanälen, in denen es sanft pulsiert, muss ich folgen. Ich drücke mich vorsichtig an der Seitenwand entlang, bis ich die Austrittsstelle der Stränge erreicht habe. Genau daneben setze ich den Spreizbohrer erneut an. Kraftvoll gräbt er sich durch die Rückwand.

Die Strahlen der Nachmittagsonne dringen grell und schmerzhaft durch Ulrikes geschlossene Augenlider. Mit leisem Stöhnen dreht sie sich auf die Seite, weg von dem Licht, fort vom Schmerz. Doch die Qualen sind in ihr, bohren sich durch ihren Kopf wie ein gefräßiges Insekt. Ein leises Knurren lässt sie auffahren, was eine Explosion des Schmerzes zur Folge hat. Finja sitzt aufrecht vor ihrem Bett, den Blick fest auf sie gerichtet, als beobachte sie eine Beute. Als Ulrike die Hand nach der geliebten Hündin ausstreckt, reagiert diese nicht wie gewöhnlich, mit liebkosendem Schlecken, sondern stellt sich langsam auf alle vier Pfoten und weicht zurück. In, wie es fast scheint, sicherer Entfernung, setzt sie sich erneut auf die Hinterpfoten und starrt ihr Frauchen unverwandt und leise knurrend an.

Mühsam richtet Ulrike sich auf. Nie zuvor hat sie solche Kopfschmerzen gehabt. Es fühlt sich an, als wolle ihr Schädel jeden Moment auseinanderspringen. Hinter dem linken Auge ist der Druck am größten. Sie nimmt ihre Umgebung nur noch verschwommen wahr. Leise stöhnend schleppt sie sich in die Küche, um zwei weitere Schmerztabletten einzunehmen. Finja folgt ihr, bleibt aber auf der Schwelle zwischen Küche und Flur stehen. Dort hebt sie leicht die Ohren, als lausche sie auf etwas, das nur sie hören kann. Wie in Trance beginnt Ulrike, die Spülmaschine auszuräumen. Mechanisch ordnen ihre Hände Teller und Tassen in die richtigen Fächer ein. Dabei bemüht sie sich, ruckartige Bewegungen zu vermeiden. Das Klappern des Bestecks tönt überlaut in ihren Ohren. Sie will lediglich die Zeit überbrücken, bis die Tabletten zu wirken beginnen, um sich dann wieder in ihrem Bett zu verkriechen.

Der Spreizbohrer frisst sich durch die letzte harte Wand. Fast geschafft! Ab jetzt liegt nur noch weiche Masse vor mir, darum schalte ich um, auf die niedrigste Drehzahl. Ich spüre die strahlende Energie, die magische Anziehungskraft der Quelle, *direkt vor mir. Vorsichtig, äußerst vorsichtig, um sie nicht zu beschädigen, bewege ich mich ganz langsam immer weiter. Den Bohrer habe ich inzwischen komplett abgeschaltet, denn was jetzt kommt, erfordert präzise Handarbeit. Ich taste, suchend, habe einen winzigen Moment lang die schreckliche Befürchtung, ich könnte mich ihr doch von der falschen Seite genähert haben. Doch da ist sie, die kleine, unscheinbare Stelle, neben der die pulsierenden Stränge in den Tiefen der Quelle verschwinden. Ich bin am Ziel meines beschwerlichen Weges. Eine letzte kurze Bewegung, dann verschmelze ich mit ihr, werde eins mit der Quelle. Alles fließt ...*

Ein gewaltiger Schlag, der alle Schmerzen, die sie je gefühlt hat, in sich vereint und an Härte übertrifft, lässt Ulrike in der Bewegung erstarren. Ein winziger Laut, eher ein Hauch, so leise, dass er für das menschliche Ohr nicht wahrnehmbar ist, entflieht ihren Lippen. Finja erhebt sich und macht einen zögernden Schritt auf sie zu.

Dann ist der Schmerz verschwunden, einfach so.

Alle Qual wie fortgeblasen.

Selbst die Erinnerung an den Schmerz ist fort.

Oh ja, ich kann es spüren, ich habe sie. Ab jetzt übernehme ich.

Warum schaut dieser Hund mich so seltsam an? Er knurrt, laut und bedrohlich, und es ist etwas Böses in seinen Augen. Ich spüre das Gewicht des großen Messers in meiner rechten Hand. Der Griff ist aus festem Holz, die Klinge glänzt lang und silbern im Licht der Nachmittagssonne. Als der Hund zum Sprung ansetzt, muss ich nichts weiter tun, als die Hand vorschnellen zu lassen. Das geschieht nicht einmal bewusst. Solche Reaktionen übernimmt die Quelle. Ich bin entzückt.

Wie ein Stein fällt der Körper des schweren Tieres zu Boden. Er zuckt noch einige Male, dann werden die großen Augen starr. Aus schwarzem Fell rinnt rotes Blut, verteilt sich langsam auf dem weißen

Küchenfußboden. Das erinnert mich an die roten Seen meiner verlorenen Heimat. Schnell wische ich den Gedanken fort, denn meine Aufgabe ist noch nicht beendet. Mit grazilen, federnden Schritten steige ich über den Hund, dem kein Atem mehr entweicht. Die Quelle liefert mir alle Informationen, die ich benötige. Vor dem Haus hebe ich kurz meinen Kopf, werfe einen Blick zum Himmel, der hier blau ist und nicht grün. Wie von selbst wenden sich meine Schritte nach links, dem Wald zu. Dort, so weiß ich, finde ich die Wartenden. Die letzten meines Volkes, die nun ebenfalls befreit werden wollen.

DIE TANTE

Graue Alte hocken auf den Bänken, füttern Tauben mit bunt schillernden Seifenblasen. Schlaffe Münder singen Kinderlieder, während sie auf den Bus warten, der nie kommen wird.

*****

Die Tante saß in dem bequemen Sessel, der schon vor Jahren in ihrem Haus in Kiel gestanden hatte. Sie starrte mit großen Augen auf den Fernseher, wo gerade Flip, der Grashüpfer, mit lustigen Sprüngen und dem typischen „doing-doing-doing“ auf Maja und Willi zukam. Das Geschehen auf dem Bildschirm schien die Tante völlig in ihren Bann zu ziehen, denn sie beachtete weder die Pflegerin, die mit geübt geduldiger Stimme sagte:

„Fräulein Barmdererde, Sie haben Besuch", noch die junge Frau, die sich schüchtern im Hintergrund hielt.

„Nehmen Sie ruhig Platz." Die Pflegerin, Frau Paulik, wie an ihrem Namensschild erkennbar war, zeigte mit der Hand auf das Sofa.

„Möchten Sie einen Kaffee?"

Die Besucherin schüttelte den Kopf: „Nein. Danke."

„Gut. Wenn was ist, dann klingeln sie hier." Diesmal wies die Hand auf einen leuchtend roten, großen Knopf an der Wand.

„Aber nur dann." Das klang leicht genervt. Die junge Frau überlegte, wie oft Frau Paulik wohl schon aus ihrem Büro am Ende des Flures, das aussah wie ein Glaskasten, gesprungen und zu einem Bewohner gehetzt war, nur weil diesem gerade langweilig war. Wobei, wäre das nicht ein akzeptabler Grund?

Vorsichtig setzte sie sich auf die äußerste Kante des Sofas. Dabei fuhr sie mit der Hand über den immer noch glänzenden Samtstoff, wie sie es als Kind getan hatte. Gegen den Strich gestreichelt zu werden, ließ den Samt dunkler aussehen. Die Tante hatte immer geschimpft, wenn sie ihre Nichte dabei erwischte.

Provozierend malte die junge Frau mit den Fingern dunkle Muster in den Samt. *Schimpf doch!,* dachte sie.

Die Tante schenkte ihr keine Beachtung.

Neugierig ließ die Besucherin ihren Blick durch das Zimmer schweifen. Links vom Fenster stand ein modernes, mehrfach verstellbares Pflegebett. Ein unauffällig in den Raum integrierter Wandschrank verbarg vermutlich, was von der einst prächtigen Garderobe der alten Dame übrig geblieben war. In diesem Raum lag kein Teppich, sondern pflegeleichter Linoleumboden. Von früher erkannte die junge Frau nicht nur Sessel und Sofa wieder, sondern auch die kleine Wurzelholzvitrine mit den Sammeltassen und die Stehlampe mit den Troddeln. Dazu noch den alten Fußschemel, den sie manchmal als Kinder umgedreht hatten, sodass die Beine nach oben zeigten, und damit durchs Zimmer geritten waren. Natürlich nur, wenn die Tante gerade nicht da war. Der Onkel hatte lachend an seiner Zigarre gezogen und augenzwinkernd mit angesehen, wie seine beiden Nichten ihren Spaß hatten. Jetzt ruhten die Füße der Tante, die in warmen Hausschuhen mit fusseligen, grellbunten Bommeln steckten, auf diesem Schemel.

Alles war so klein. Ganz anders als in dem großen, lichtdurchfluteten Haus in Kiel. Die Zeit hatte nicht nur die Familie schrumpfen lassen, sondern auch den Ort, der für die Tante *zu Hause* war.

Die Abspannmelodie ertönte und unwillkürlich sang die junge Frau im Geiste mit. Erinnerungen an Kindertage … Sie erschrak. Hatte sie etwa doch laut gesungen?

Die Tante griff suchend hinter sich.

„Wo ist mein Rückenteil? Ich muss los, zum Bus. Will nach Hause."

„Du bist hier zu Hause." Die Stimme der Besucherin klang besänftigend und traurig zugleich.

Die alte Dame drehte sich zu ihr herum und sah sie unverwandt an.

„Wer sind Sie?"

„Ich bin Josi. Erkennst Du mich, Tante Friedel?"

„Josi ist tot." Tante Friedel kniff die Lippen zusammen, was ihrem Gesicht einen trotzigen Ausdruck verlieh.

„Wer ist Friedel?"

WER FÜRCHTET SICH VORM SCHWARZEN MANN

Tag 1

Carla winkte ihm nach, doch er sah sich nicht um. Es wäre ihm sicher peinlich vor seinen Freunden, dachte sie und ein wenig tat er ihr leid. Er sollte sich wegen seiner Mutter nicht schämen.

Beim Frühstück hatte der Achtzehnjährige kein Wort geredet, er sprach auch sonst nicht viel mit ihr. Hatte stumm seinen Kaffee aus der geblümten Tasse getrunken, schweigend die belegten Brote genommen, die sie ihm bereitet hatte und wortlos die Brotdose in seinem Rucksack verstaut, der nur locker gefüllt schien, obwohl er sicher alles enthielt, was ihr

Sohn für knapp drei Tage Zelten benötigte. Als sie ihm zum Abschied eine schöne Zeit wünschte, hatte er nur „Tschüss“ gemurmelt und war mit einem großen Schritt die zwei Stufen hinab gesprungen zu Paul, Erik und Peter, die vor der Haustür auf ihn warteten. Und mit ihnen ein herrlicher Morgen, voller Sonnenschein, Vogelgezwitscher und duftenden Blumenbeeten vor jedem einzelnen Haus ihrer Straße.

Mark, ihr kleiner Junge, wie sie ihren einzigen Sohn im Stillen immer noch nannte, war ihr irgendwann entglitten. Wenn er zu Hause war, schloss er sich meist in seinem Zimmer ein. Dort war sein heiliges Reich, das sie nicht betreten durfte. Vorbei war die Zeit, als munteres Kinderlachen, aus der stets offenen Tür, durchs ganze Haus geschallt war. Stattdessen vibrierten manchmal die Wände vom Gedröhne der Bässe und drangen kreischende Musikfetzen nach außen, die ihren Ohren wehtaten. Und wie er sich kleidete! Hochgewachsen und schlank, wie er war, mit leicht gewelltem schwarzen Haar, hatten ihm früher einfach alle Farben gut gestanden und ihn frisch und strahlend aussehen lassen. Seit dem Tod seines Vaters trug er nur noch schwarz.

Bestimmt hatte er auch ewig nicht in seinem Zimmer

geputzt. Genau in diesem Moment musste Carla lächeln, denn ein Teil von ihr hatte nur darauf gewartet, dass ihr Sohn für ein paar Tage das Haus verließ. Sie strich ihre Kittelschürze glatt. Der zweite Knopf von oben, aus glänzendem Perlmutt, mit Goldrand, begann sich zu lösen. Sie sollte ihn bald festnähen, bevor er von selbst abfiele.

Als sie die Klinke zu Marks Zimmer herunterdrückte, atmete sie erleichtert auf. Er hatte nicht abgeschlossen. So musste sie nicht den Zweitschlüssel benutzen, was dem Ganzen, wie sie fand, ein wenig den Hauch des Verbotenen nahm. Kaum war sie eingetreten, fühlte sie sich wie in eine fremde Welt versetzt. Die Rollos waren heruntergelassen, und es roch muffig, dumpf und irgendwie nach alter Erde. Sie zog die Jalousien hoch und öffnete mit Schwung beide Fenster. Tief atmete sie die frische Luft dieses Sommermorgens ein, die nun hereinströmte. Sonnenkringel tanzten über den Boden, ein lustiger Reigen, der sie wieder an die Zeit erinnerte, als dies noch ein Kinderzimmer gewesen war.

Nun blickte Carla statt auf lächelnd bunte Disney-Poster in grimmig verzerrte Fratzen, die sie schwarz und düster von den Wänden anstarrten. Es waren wohl die Bands, deren Musik er hörte, die ihr unverständliche Namen trugen und welche ihr Lieblingssender nie spielen würde. Kopfschüttelnd ging sie zurück in die Küche, drehte das Radio lauter, sodass es im ganzen Haus zu hören war, und sang voller Inbrunst mit, als Andrea Berg ihr „Du hast mich tausend mal belogen ...“ hinaus in den Sommertag schmetterte.

Bewaffnet mit einer ganzen Batterie Reinigungsmittel, Lappen und einem Eimer heißen Wassers, kam sie zurück in das Zimmer und begann ihr Werk. Zunächst putzte sie die Fenster. Mark würde es nicht bemerken, da er eigentlich immer die Rollos geschlossen hielt. Dann staubte sie die Regale ab, was schnell erledigt war, denn dort stand nichts, bis auf ein paar Bücher, die ihr ähnlich gruselig erschienen, wie die Poster an der Wand. Den großen Wandschrank rührte sie nicht an, das wäre ihr wirklich wie Frevel erschienen. Außerdem war er abgeschlossen und hierfür hatte sie keinen Zweitschlüssel.

So nahm sie sich zum Schluss den Fußboden vor. Der alte Flickenteppich vor dem Bett würde nach einer Intensivbehandlung in der Waschmaschine und anschließendem Trocknen in der Sommersonne, nicht mehr so schrecklich muffig riechen. Das Bett war, wie der Wandschrank, ein Erbe ihres Vaters, der dieses Haus erbaut und mit, wie er fand, so praktischen, fest eingebauten Möbeln versehen hatte. Darum lag sie nun auf dem Bauch, den Staubsauger in der Hand, um auch die letzte Ecke unter dem Bett noch erreichen zu können. Wenn Mark sie so sehen könnte, dachte sie und musste kichern. Im nächsten Moment wurde ihre Aufmerksamkeit gefangen genommen. Da war etwas unter dem Bett, ein dunkles Bündel. Mit dem langen Rohr des Staubsaugers bekam sie es zu fassen und zog es mit solchem Schwung hervor, dass es an ihr vorbei, über die glatten Dielen, bis in die Mitte des Zimmers schlitterte.

Was war das? Es roch, nein es stank fürchterlich. Trotz des geöffneten Fensters dominierte nun ein Geruch von alter Erde den Raum. Im ersten Moment meinte sie, es mit ungewaschenen Kleidungsstücken ihres Sohnes zu tun zu haben. Schwarz, düster, wie alles, was er seit ungefähr drei Jahren trug, als er mit fünfzehn plötzlich beschloss, kein Kind mehr zu sein. Doch würde Mark nicht immer ihr Kind bleiben, egal wie alt er und sie auch werden mochten? Nur handelte es sich hier nicht um seine Kleidung. Es waren grob gewebte alte Lumpen, in Fetzen und Streifen um etwas gehüllt, das wie ein magerer kleiner Körper aussah. Eine Puppe, doch nicht so wie die, mit denen sie früher gespielt hatte. Diese hier hatte keine feinen, hellen Beine, keine wohlgeformten Arme mit winzigen süßen

Fingerchen. Stattdessen ragten aus dem stinkenden Lumpenbündel knochige Glieder mit viel zu langen Fingern. Ein dürres Klappergestell, das sehr an ein Skelett erinnerte. Am schlimmsten aber war das Gesicht. Ein böses Auge starrte sie an, die andere Augenhöhle war leer. Unter einer winzigen, knochigen, platten Nase öffnete sich ein irre verzerrter Mund und gab den Blick frei auf eine Vielzahl schiefer, spitzer, kleiner Zähne. Die Lippen waren nur angedeutet, schmal und blutleer. Vor solchen Gestalten hatte sie sich gefürchtet, als sie selbst noch ein Kind war. Aus Albträumen war sie schreiend und schweißgebadet aufgewacht, in denen der „Schwarze Mann“ hinter dunklen Türen auf sie gelauert hatte. Auch jetzt, viele Jahre später, spürte Carla, wie winzige Schauer ihren Rücken hinab liefen.

Egal, welche Bedeutung diese gruselige, stinkende Puppe für ihren Sohn haben mochte, sie würde sie nicht in diesem bald fertig geputzten Zimmer lassen. Doch einfach in den Müll werfen, ging auch nicht. Aus Marks Sicht wäre es schon schlimm genug, dass sie sein Zimmer überhaupt betreten hatte. Da kam ihr die rettende Idee - das Haus hatte einen kleinen Keller! Dort lagerten Kartoffeln, ein paar Flaschen Wein, altes Werkzeug, das ebenfalls bereits ihrem Vater gehört hatte und jede Menge Plunder, von dem sie sich alle paar Jahre trennte und damit auf den Flohmarkt stellte. Zum Glück hatte sie gerade ihre

Putzhandschuhe an. So fasste sie diese Ausgeburt einer kranken Fantasie mit spitzen Fingern und trug sie, am ausgestreckten Arm und so weit wie möglich von ihrem Körper entfernt, in den Keller hinab. Auf dem Weg, der ihr viel zu lang vorkam, sah sie ständig den spärlich behaarten Kopf der Puppe vor sich und entdeckte dabei eine Schlaufe, an der diese sich aufhängen ließ. Da alles in ihr danach strebte, dieses widerliche Ding so schnell wie möglich loszuwerden, hängte sie die Figur an den nächstbesten Nagel, der aus dem unverputzten Mauerwerk der Kellerwand hervorstand.

Nachdem sie die Tür geschlossen hatte und die Treppe wieder hinaufstieg, musste sie wieder an ihre kindlichen Albträume denken. Darin hatte genau hinter dieser Kellertür der „Schwarze Mann“ gewohnt, den sie jedoch nie zu sehen bekam, da sie jedes Mal schreiend aus dem Schlaf fuhr, wenn die Tür sich langsam zu öffnen begann.

Carla atmete erleichtert auf, als sie wieder oben im sonnendurchfluteten Raum stand. Die Putzhandschuhe warf sie direkt in den Müll, da ihnen der alte, erdige Geruch anzuhaften schien und sie sich dadurch nicht den strahlenden, duftenden Sommertag verderben lassen wollte. Vom Radio wurde sie gerade mit einer beschwingten Melodie daran erinnert, dass sie nicht immer siebzehn sein könne. Schade, aber das hatte sie selbst im Laufe der letzten Jahrzehnte schon festgestellt. Trotzdem trällerte sie fröhlich mit, und wenig später erstrahlte das Zimmer ihres Sohnes in neuem Glanz.

Wenn sie nun schon dabei war, konnte sie auch gleich den Rest des Hauses ein wenig putzen. Das tat sie eigentlich ständig. Es lag kaum ein Stäubchen auf dem Boden oder den kleinen Schränkchen und Regalen, die mit Nippes gefüllt waren. Ansonsten dominierten im Haus Häkeldeckchen, Unmengen von Häkeldeckchen, fein und filigran gearbeitet, in allen möglichen Mustern, aber immer blütenweiß. Außerdem gehäkelte Gardinen, Kissen und Bettüberwürfe, ebenfalls alle weiß. Ein Erbe ihrer Mutter, das Carla in Ehren hielt. Sie hatte ihre Mutter kaum gekannt, aber wenn sie nicht so jung gestorben wäre, hätte sie wahrscheinlich das ganze Haus eingehäkelt. Woher hatte sie nur die Zeit genommen, mit drei kleinen Kindern? Zum Putzen ist sie wahrscheinlich nie gekommen, dachte Carla und besann sich wieder ihrer Aufgabe. Die gewohnte Routine ließ sie den Schreck um die Puppe schnell vergessen. Außerdem gab diese Tätigkeit ihrem Tag eine Wichtigkeit, eine Bedeutung. Es war ein sinnvolles Tun, nach dem sie sich am Abend nur zu gern entspannen würde.

Später räumte sie die Putzsachen fort und fütterte Minka, die Katze, die ihr dabei leise miauend um die Beine strich. Mit ihr redete sie gern. Zwar antwortete die Katze ihr genau so wenig, wie ihr Sohn, doch blickten ihre grünen Katzenaugen manchmal so allwissend in die Welt, als verstünde sie jedes Wort.

Sie duschte und wärmte sich den Rest Hühnchen vom vergangenen Abend auf. Im Fernsehen lief ein alter Film mit Heinz Rühmann. Für ihn hatte sie schon immer geschwärmt, er war aber auch ein lustiger, charmanter Kerl! So ganz anders, als die Männer in ihrer Familie. Von ihrem Großvater, über ihren Vater bis hin zu ihrem verstorbenen Ehemann, waren sie alle schweigsam und irgendwie humorlos gewesen. Carla konnte sich nicht erinnern, einen von ihnen je singen gehört zu haben, außer am Sonntag in der Kirche. Ihr Sohn würde diese Reihe wohl fortsetzen, leider. Mit diesen Gedanken ging sie zu Bett. Sie war einfach nur müde, hatte heute eben doch mehr getan, als normalerweise. Kaum dass sie unter ihrer weichen Decke lag, fiel sie bereits in einen traumlosen Schlaf. Nur einmal schreckte sie kurz auf, weil anscheinend direkt unter ihrem Fenster ein Kater verliebte Schreie von sich gab, die sie immer an Babygeschrei erinnerten.

Tag 2

Der Morgen versprach einen weiteren strahlenden Sommertag und Carla freute sich auf ihre Einkaufstour zum Wochenmarkt. In dieser Jahreszeit gab es dort das beste Angebot an frischem Gemüse aus der Umgebung. Sie hatte wunderbar geschlafen und fühlte sich frisch und unternehmungslustig. Als sie nach einem ausgiebigen Frühstück ihr Fahrrad aus dem Schuppen holte, bemerkte sie, dass der Sattel sich gelockert hatte und leicht hin und her wackelte. Das passende Werkzeug befand sich im Keller. Beim Öffnen der Kellertür erschrak sie im ersten Moment, denn sie blickte direkt in die irre Fratze der Puppe. Kopfschüttelnd schalt sie sich selbst eine kleine dumme Närrin und drehte die Puppe mit dem Gesicht zur Wand. Dabei fiel ihr Blick auf den Kellerboden und etwas, das gestern ganz sicher noch nicht dort gelegen hatte. Verwundert bückte sie sich und stellte fest, dass es sich dabei wohl um ein paar um Hühnerknochen handelte. Wie kamen die Reste ihres Abendessens hierher? Und lagen da nicht auch ein paar Katzenhaare auf den Knochen? Natürlich hatte sie sofort Minka in Verdacht, doch die würde ihr, wie immer, keine Antwort geben. So räumte sie seufzend die Knochen fort und klinkte die Kellertür sorgfältig wieder ein, damit die Katze sie nicht noch einmal öffnen konnte.

Das Fahrrad war schnell repariert. Carla verbrachte den Tag äußerst angenehm mit Einkaufen und Putzen, bevor sie am späten Nachmittag mit den Vorbereitungen für das Abendessen begann. Heute Abend kam ihre Schwester Johanna zu Besuch. Das war jede Woche eine willkommene Abwechslung. Sie würden sich gemeinsam im Fernsehen eine Quizsendung ansehen, ein Schlückchen Wein trinken und über Belanglosigkeiten plaudern. Vorher stellte sie noch schnell das Futter für die Katze hin, die ganz entgegen ihrer Gewohnheit noch nicht wieder ins Haus gekommen war. Bestimmt hatte der liebestolle Kater ihr den Kopf verdreht. Nun, sie würde schon wieder zur Vernunft kommen und hungrig den Weg nach Hause finden.

Johanna hatte ihr Auto in der Nebenstraße geparkt, direkt unter der großen Kastanie. Sie behauptete immer, das sei ihr persönlicher Parkplatz, weil sie als Kind das damals kleine Bäumchen in einem heißen Sommer fleißig begossen hatte. Nun ja, ihre Schwester hatte sich schon immer für Pflanzen interessiert, kannte die meisten Blumen mit Namen und kleidete sich stets farbenfroh wie ein Primelbeet im Frühling. Sie kam auch heute wieder mit einer Unzahl verschiedenfarbiger Tücher um den Kopf und in einem fürchterlich bunten Gewand, von dem sie behauptete, es sei indisch. Carla fand es eher kindisch. Genau wie die Geschenke ihrer Schwester. Jede Woche brachte sie ihr etwas anders Unnützes mit, das meist im Keller verschwand und auf den nächsten Flohmarkt wartete. Heute zog Johanna ein winziges, grellbuntes Windlicht aus einer der unzähligen Taschen ihres Gewandes und drückte es der Schwester in die Hand. Carla heuchelte kurz Dankbarkeit, bevor sie das Geschenk achtlos auf das Telefontischchen im Flur stellte.

Nachdem sie gemeinsam zum Abendessen einen gesunden Gemüseauflauf restlos verspeist hatten, machten die beiden Schwestern es sich auf der Couch gemütlich. Natürlich wusste Johanna bei der Quizsendung wieder alles besser. Carla ärgerte sich im Stillen darüber, hatte sich aber schon früh daran gewöhnt, dass ihre Schwester klüger war als sie. Doch was nützte es ihr? Die Million würde sie mit ihrem Wissen auch nicht gewinnen, hier vom Sofa aus. Wie um diese negativen Gedanken zu verscheuchen, schenkte sie sich und auch Johanna immer wieder von dem süßen Wein nach, den sie beide so gern tranken. So wurde der Abend langsam lustiger und das Gespräch belangloser.

Als sie zu Bett gingen, stöhnte Johanna, weil ihr einfiel, dass sie am Morgen sehr früh aufstehen musste, um von hier ins Büro zu fahren. Carla kicherte nur und fühlte sich wieder zurückversetzt in alte Zeiten. Genau wie damals lagen die beiden

Schwestern nebeneinander im großen Ehebett. Dort hatten sie als kleine Mädchen immer schlafen dürfen. Ihr Vater schlief währenddessen im Gästezimmer. Nach dem frühen Tod ihrer Mutter hatte er seine drei Kinder allein großgezogen und nie wieder geheiratet.

Carla schlief unruhig, träumte wirre Träume von Katzen in bunten Gewändern, die bei einer Quizshow alle Fragen richtig beantworten konnten und dann plötzlich anfingen, Mäuse in die Luft zu werfen. Die Mäuse wurden immer größer, ihre niedlichen Gesichter verzerrten sich, bis sie anfingen, der gruseligen Puppe zu ähneln, die unten im Keller hing. Und wieder schrie irgendwo ein Kater.

Tag 3

Das Bett neben ihr war leer, als Carla mit leichten Kopfschmerzen erwachte. Sie sah auf ihren Wecker, der auf dem Nachttisch stand und erschrak, denn es war bereits nach 8 Uhr. Johanna war anscheinend rechtzeitig aufgestanden und ins Büro gefahren. Die Küche sah noch genauso aus, wie am vergangenen Abend - aufgeräumt. Carla wusste, dass Johanna das Frühstück meist ausfallen ließ. Dass allerdings auch das Katzenfutter immer noch unberührt dastand, war eher ungewöhnlich. Sie runzelte ärgerlich die Stirn.

Die Katze würde doch nicht zur Streunerin werden, die jedem liebestollen Kater einfach hinterher lief?

Als Kaffeeduft den Raum erfüllte und Heino vom blau blühenden Enzian sang, besserte sich ihre Laune bereits wieder. Heute war ein guter Tag. Perfekt geeignet zum Wäschewaschen. Carla liebte es, am Morgen bereits zu wissen, was sie den Tag über erledigen wollte. Und heute Abend käme Mark zurück, da würde sie ihnen etwas Leckeres kochen.

Aber vorher musste sie unbedingt den Flickenteppich in Marks Zimmer zurücklegen, der noch auf der Leine im Garten hing. Er war inzwischen getrocknet und roch frisch wie eine Sommerwiese. Sie rollte ihn zusammen und stellte ihn in den Flur. Dabei fiel ihr Blick auf das kleine grellbunte Windlicht. Es passte überhaupt nicht zu ihren anderen Nippes, meist kleine Engel, Elfen und jede Menge niedlicher Kätzchen. Entschlossen nahm Carla das unwillkommene Geschenk, stieg damit hinab in den Keller und legte es zu dem anderen Plunder, der größtenteils ebenfalls aus Geschenken ihrer Schwester bestand. Wie unüberlegt und willkürlich diese ausgewählt waren, merkte man allein daran, dass Johanna nie eines dieser Teile vermisste, obwohl sie jede Woche ins Haus kam. Während Carla darüber nachdachte, war sie bereits wieder auf dem Weg nach oben. So streifte ein weiterer Gedanke nur ganz kurz ihre Aufmerksamkeit und war sofort wieder verschwunden. Irgendetwas war anders gewesen im Keller.

Karel Gott sang „für immer jung“ und Carla summte leise mit, als sie Marks Zimmer betrat. Als Erstes ließ sie die Jalousien wieder herunter. Die Fenster waren von der Straße aus zu sehen, und sie musste ihren Sohn ja nicht mit der Nase darauf stoßen, dass sie in seinem Zimmer gewesen war. Schade, nun war der Sommer wieder ausgesperrt aus diesem Raum und fast schien es ihr, als hinge bereits wieder dieser erdige Geruch in der Luft. Sie ging zurück in den Flur, holte den Flickenteppich und rollte ihn vor Marks Bett aus. Im dämmrigen Halbdunkel des Raumes hätte sie fast etwas übersehen. Ein bunter Zipfel schaute unter dem Bett hervor, eines von Johannas Tüchern. Empörung stieg in ihr auf. Was hatte ihre Schwester in Marks Zimmer zu suchen? Ärgerlich bückte sie sich und wieder stieg ihr dieser Geruch nach alter Erde in die Nase. Jetzt fiel ihr ein, was im Keller anders gewesen war - die Puppe hatte nicht mehr dort gehangen! Im selben Moment, als Carla das Tuch ihrer Schwester in der Tasche ihrer Kittelschürze versinken ließ, glitt ein Schatten unter dem Bett hervor.

***

Mark sah Johannas Auto unter der Kastanie stehen und freute sich. Er mochte seine Tante, sie war so unbeschwert und lebensfroh und wollte auf keinen Fall mit „Tante“ angeredet werden. Heute schien sie freizuhaben und noch bei seiner Mutter zu sein. Seine Mutter. Er musste unbedingt mit ihr reden. Seit dem Tod des Vaters hatte er sich von ihr zurückgezogen, das war nicht fair gewesen. Beide hatten sie einen geliebten Menschen verloren, beide getrauert. Sie hatte aber weiterhin versucht, sich liebevoll um ihren Sohn zu kümmern. Vieles war ihm in den letzten zwei Tagen klar geworden, in guten Gesprächen mit seinen Freunden. Besonders Paul, dessen Eltern geschieden waren und der mit seinen zwei jüngeren Geschwistern und der Mutter allein lebte, hatte ihm gehörig den Kopf gewaschen und von seiner, Marks Verantwortung geredet. So hatte er das bisher nicht gesehen, leider. Nun kam er sich dumm und egoistisch vor, schämte sich, seiner Mutter nicht mehr beigestanden zu haben.

Im Garten flatterte Wäsche auf der Leine, die Haustür war nur angelehnt. In der Küche plärrte dieses schreckliche Schnulzenradio. Mark grinste. Auch da wollte er künftig toleranter sein, obwohl es schwerfiel.

„Mama? Ich bin wieder da!“ „Johanna?“ Niemand

antwortete, anscheinend waren sie kurz spazieren. Mark nahm den Rucksack ab, ging über den Flur und sah, dass die Tür zu seinem Zimmer ebenfalls nur angelehnt war. Leicht ärgerlich runzelte er die Stirn, als er eintrat. Alles schien unverändert. Er rüttelte an der Tür des Wandschranks und atmete erleichtert auf. Gut. Der Schrank war fest verschlossen. Vielleicht war es zu riskant gewesen, die Puppe *von der anderen Seite* mitzubringen. Mark warf einen Blick unter das Bett. Die Puppe lag genau dort, wo er sie hingelegt hatte. Doch da lag noch etwas. Mark bückte sich und was er aufhob, war ein Knopf. Aus glänzendem Perlmutt mit Goldrand.

DER NEUE

Es soll ja Menschen geben, die sich nur trennen können, wenn der oder die Neue bereits in Sicht ist. Ich gebe es ungern zu, aber in diesem Fall gehöre ich auch zu dieser Gruppe. Nennt mich Weichei, egal.

Wenn man, wie wir, bereits über mehrere Jahre zusammenlebt, trennt man sich nicht eben so. Irgendwie hatten wir uns ja zumindest aneinander gewöhnt, auch wenn die anfängliche Begeisterung für den Anderen mit der Zeit nachgelassen hat.

Aber dann fing ich an, mich immer mehr an Kleinigkeiten zu stören, die entweder am Anfang noch nicht da waren, oder aber, die ich übersehen bzw. toleriert hatte. Dass er manchmal so komische Geräusche machte, irgendwie gurgelnd. Und er hörte auch nicht damit auf, mir zuliebe. Mittlerweile fand ich das richtig ekelig. Auch verhielt er sich, was die eigene Reinigung und Pflege anging, sehr passiv.

Ohne meine Initiative wäre er total verkeimt. Brrr ..., da schüttelt's mich.
Zurückblickend frage ich mich ehrlich, wie ich es so lange mit ihm aushalten konnte. Wahrscheinlich hatte ich einfach Angst, mich auf einen noch unbekannten Neuen einzulassen. Man weiß ja nie, ob man nicht vom Regen in die Traufe kommt ...

Doch nun ist es geschehen. Und ich bin glücklich, dass ich mich getrennt habe. Hätte ich schon viel früher tun sollen. Wenn ich überlege, wie viel Energie er mich gekostet hat!

Der Neue ist einfach toll. Groß, fast einen Meter neunzig. Er ist cool. Rücksichtsvoll und leise. Mit ihm werde ich viele Jahre glücklich sein, dessen bin ich mir jetzt schon sicher. Und er ist etwas ganz Besonderes. Wenn er mich mit seinem magischen Auge anschaut, dann weiß ich, dass es richtig war, endlich einen neuen Kühlschrank zu kaufen.

DAMENWAHL

Das Ticken wurde immer lauter: „Ticktack-Ticktack.“ Ein Streifen kalten Mondlichts fiel durch die Jalousien und erhellte die gegenüberliegende Wand. Louisa beobachtete, wie die Zeiger der Wanduhr scheinbar endlos durch die Nacht schlichen. Doch diese Uhr hatte Batterien und lief damit stumm.

Die Ursache des Tickens, das sie Nacht um Nacht nicht schlafen ließ, lag anderswo. Niemand außer ihr konnte es hören, denn es kam aus ihrem Innersten. „Ticktack“, ihre biologische Uhr tickte, lauter werdend von Tag zu Tag, von Nacht zu Nacht, die sie einsam in ihrem Bett verbrachte. Wo sie wartete und hoffte, dass sich ihr Leben auch in diesem einen Punkt zum Positiven wenden möge. Sie hatte inzwischen fast panische Angst davor, eines nicht mehr fernen Morgens vom erbarmungslosen Klingeln eines inneren Weckers aus ihrem Warten gerissen und in Hoffnungslosigkeit gestürzt zu werden. Aus der Traum ...

Soweit durfte sie es nicht kommen lassen! Die Grausamkeit der Nächte musste ein Ende haben. Sie erkannte sich selbst kaum wieder. Tagsüber strahlte sie ein Selbstbewusstsein aus, um das ihre Freundinnen sie beneideten. Vor vier Jahren hatte man sie zur Filialleiterin ihrer Bank ernannt. Da war sie gerade einunddreißig und dieser Aufstieg eine Anerkennung ihrer Kompetenz und Souveränität im Umgang mit Kunden und Mitarbeitern. Mit ihren kurzen schwarzen Haaren und den eleganten Hosenanzügen, die ihre schlanke Figur hervorragend zur Geltung brachten, schritt sie lächelnd durch den Tag.

Immer wieder sagte sie sich, wie gut es ihr doch ging. Ein kleines Häuschen am Ortsrand. Schafe weideten direkt vor der Tür. Aus dem Giebelfenster im Dachgeschoss konnte sie sogar ein Zipfelchen vom Bodensee kristallklar durch die Bäume schimmern sehen. Wenn sie in ihrem roten Cabriolet zur Arbeit fuhr, lag der See rechts von ihr, bei guter Sicht ragten dahinter die Berge auf, schneebedeckt und freundlich grüßend. Von überallher reisten die

Menschen an, um hier ihren Urlaub zu verleben. Sie bekam dieses Urlaubsgefühl gratis, jeden Tag.

Was ihr zum vollkommenen Glück fehlte, war ein Mann. Zugegeben, sie hatte bereits viele Frösche geküsst. Leider hatte keiner sich dauerhaft in den erhofften Prinzen verwandelt, selbst wenn es zwei- oder dreimal für einige Wochen oder gar Monate den Anschein gehabt hatte. Nach einer Weile waren alle wieder zum Frosch geworden, ihr kalt und glitschig erschienen. Zum Beispiel Oscar, der vorerst letzte Verflossene. Vor wenigen Wochen kam er, nach einer mit seinen Kollegen durchzechten Nacht „Isch liebe disch" nuschelnd in ihr Wohnzimmer getorkelt und konnte sich dabei kaum auf den Beinen halten. Louisa war instinktiv einen Schritt zurückgewichen, als sein Alkoholatem sich ihrem Gesicht bedrohlich näherte. Worauf Oscar nichts Besseres zum Festhalten fand, als ihre riesige, gläserne, mit einem üppigen Strauß Feldblumen und mindestens 3 Litern Wasser gefüllte Kugelvase, deren Inhalt sich im nächsten Augenblick über ihren flauschigen afghanischen Teppich ergoss. Aus Dankbarkeit für die durchaus schönen Stunden, die sie mit Oscar in den zurückliegenden zwei Wochen erlebt hatte, ließ sie ihn gnädigerweise im Gästezimmer seinen Rausch ausschlafen, während sie sich bemühte, den wertvollen Teppich zu retten. Am nächsten Morgen hatte sie Oscar unmissverständlich klargemacht, dass sie ihn nie wiedersehen wollte. Ihre beste Freundin

Betty hatte den Vorfall mit den Worten kommentiert: „Lieber einen nassen Teppich, als ein versautes Leben."

Falls ihr doch noch irgendwann der *Richtige* begegnete, könnte es vielleicht zu spät sein, um ihn auch zum Vater ihrer Kinder werden zu lassen. Während ihre Freundinnen in den vergangenen Jahren reihum geheiratet und Kinder bekommen hatten, war sie der schwäbischen Tradition ihrer Eltern treu geblieben. „Schaffe, schaffe, Häusle baue," bis ihr schmerzlich bewusst wurde, wie gnadenlos die Uhr lief. „Ticktack."

Aber jetzt hatte Louisa einen Plan. Was ihr im Job tagtäglich gelang, sollte auch im Privatleben funktionieren. *Lösungsorientiert* denken, so hieß das Zauberwort. Sie wollte nicht mehr nächtelang Probleme wälzen, sich nicht mehr fragen, ob etwas mit ihr nicht in Ordnung sei. Egal. Ein Mann musste her, und zwar ausschließlich für den biologischen Akt. Ein Erzeuger sozusagen, der nie erfahren sollte, welches Geschenk er ihr gemacht haben würde.

Dank eines kleinen Minicomputers, mit dem sie jeden Morgen beim Aufwachen ihre Temperatur maß, wusste sie mit ziemlicher Sicherheit, dass sie am kommenden Wochenende *bereit* wäre. Ihre Temperaturkurve war seit Monaten so zuverlässig wie die Schweizer Uhr an ihrem Handgelenk. Sie hatte sorgfältig recherchiert. Schließlich sollte ihr Kind nicht einfach irgendwelche Gene von seinem Vater bekommen, sondern ganz besondere, soweit sie das beeinflussen konnte. Über die teuerste und elitärste Internet-Partner-Börse hatte sie drei Kandidaten ausfindig gemacht, die ihr geeignet erschienen. Nach einigen Mails und Telefonaten war es ihr gelungen, mit allen Dreien ein erstes und wie sie sich vorgenommen hatte, einziges, Treffen zu arrangieren, bei dem es gleich „zur Sache gehen" sollte.

Drei Tage hatte sie Zeit. Weit weg von ihrer Heimatstadt, in jeweils einem Hotel, das sie ausgewählt hatte, war ein Abendessen geplant und ein Doppelzimmer gebucht. So ging die Gefahr gegen null, dass sie und der potenzielle Vater ihres Kindes sich jemals wieder über den Weg laufen würden. Nur Betty, seit der gemeinsamen Schulzeit ihre beste Freundin, war eingeweiht. Zwar hatte die Freundin sie angeschaut, als tickte sie nicht ganz richtig, aber als Louisa ihr erklärt hatte, dass genau dieses Ticken schuld an ihren Überlegungen war, bekam sie zumindest eine verständnisvolle Umarmung von ihr. Betty, deren Sohn am Ende dieses Sommer in die Schule kommen würde, konnte sich ein Leben ohne ihren kleinen Felix gar nicht mehr vorstellen. Nur darum hatte sie sich bereit erklärt, Louisa, soweit es ihr möglich war, zu helfen. Ihren anderen Freundinnen hatte Louisa nichts von ihrem Vorhaben erzählt, da sie zu Recht befürchtete, von ihnen für verrückt erklärt zu werden.

„Schönen Urlaub, Frau Bäuerle", rief ihr Stellvertreter ihr zu, als sie die Bank am Donnerstagmittag verließ. Er würde sie die eineinhalb Tage vertreten, die sie selbst sich Urlaub genehmigt hatte. Christian Niederecker war ein freundlicher und schöner Mann, aber leider schwul, wie sie hinter vorgehaltener Hand von Sandra, ihrer Sekretärin, erfahren hatte. *Alles Gute ist eben nie beisammen*, dachte Louisa. Sie holte ihren Trolley und ihr Kosmetikköfferchen aus dem Cabrio, das sie in der Tiefgarage der Bank stehen ließ. Nur wenige hundert Meter Fußweg trennten sie von der Anlegestelle des Katamarans, der sie von Konstanz nach Friedrichshafen bringen sollte. Auf dem Weg zog sie ihr Handy aus der Tasche und rief Betty an.

„Und bist du aufgeregt?", wollte die Freundin wissen. „Noch kannst du zurück."

„Nein, nein, ich freu mich und zieh das jetzt durch", beeilte sich Louisa zu versichern. Natürlich war sie aufgeregt, aber sie wollte Betty nicht mehr als nötig beunruhigen. Die würde von nun an zu Hause sitzen, die Liste der von Louisa gebuchten Hotels in der einen Hand, während die andere schon über den Telefontasten schwebte. Bereit, die 110 zu wählen, sollte der allabendliche Anruf nicht rechtzeitig eingehen, in dem Louisa ihr versicherte, dass alles in Ordnung und sie noch am Leben sei.

Betty seufzte und es klang ein wenig resigniert, als sie sagte: „Na dann, ganz viel Glück. Ich drück dich. Vergiss nicht, mich anzurufen.“ Sie lachte dann doch noch, als sie am Ende des Gesprächs hinzufügte: „Und wenn es klappt, werde ich Patentante.“

„Versprochen.“ Louisa nickte, auch wenn Betty das nicht sehen konnte. „Ich muss jetzt an Bord, der Katamaran legt gleich ab. Bis später.“

Louisa steckte das Handy wieder in ihre Handtasche, bevor sie das Geld für das Ticket herausholte und in den Automaten fallen ließ. Vor ihr, nur durch einen schmalen Steg getrennt, lag „Fridolin“. Den Namen assoziierte sie eher mit einem Clown oder einem alten Mann, als mit einem hochmodernen Schiff. Dahinter bot sich ihr ein atemberaubender Blick auf den See und die Berge. Über den grünen Hügeln am Schweizer Ufer reckte sich der Säntis in den Himmel. Es war gerade Fön, ein leichter Wind wehte von den Bergen herab und machte die Luft so klar, dass es aussah, als ragten die schneebedeckten Gipfel gleich hinter Kreuzlingen empor.

Der erste Schritt auf den leicht schaukelnden Katamaran schien Louisa gleichzeitig ein Schritt in ein neues Leben zu sein. Sie nahm ihr Glück nun selbst in die Hand. Das Schiff glitt wie ein Pfeil über das türkisblau funkelnde Wasser des Bodensees. So fühlte auch sie sich beflügelt, auf dem Weg zu ihrem großen Ziel. Der Flug von Friedrichshafen nach Berlin dauerte nur wenig länger als die Fahrt über den See. Ein Lächeln huschte über ihr Gesicht, als das Taxi vor dem Hotel hielt, das sie zum einen wegen seiner großzügigen Wellnessabteilung, zum anderen wegen seines Namens gewählt hatte: „Louisas Place“. Sie ließ im Stillen die Worte auf ihrer Zunge zergehen. Schwang da nicht eine Verheißung mit in diesem Namen?

Es war erst später Nachmittag, somit blieb ihr noch genügend Zeit, ein paar Runden im Hotelpool zu schwimmen und die bereits im Voraus gebuchte Massage zu genießen. Entspannt und frisch kehrte Louisa in ihr Zimmer zurück, frisierte ihr kurzes schwarzes Haar, schminkte sich dezent, aber sorgfältig, und wählte für den heutigen Abend ein rotes Etuikleid.

„Rot, die Farbe der Leidenschaft!“, rief Tom ihr begeistert zu, als sie zur ausgemachten Zeit im Restaurant erschien. Seine blauen Augen funkelten und er sah genau so gut aus, wie auf den Fotos im Internet. Blond, braun gebrannt, Erfolg ausstrahlend. Er war Arzt an der Charité und verheiratet, wie er ihr unumwunden schon am Telefon gestanden hatte. Zuhause hatte er eine Frau und drei kleine Kinder - er musste also potent sein - und hier suchte er das Abenteuer. Louisa hielt ihn für den perfekten Kandidaten. Intelligent, groß, gut aussehend. Witzig plaudern konnte er auch. Das Gespräch drehte sich während des Essens mehr oder weniger nur um ein Thema: Sex. Die Spargel auf dem Teller, der funkelnde Rotwein in den Gläsern, ja selbst die knackende Kruste der Crème brûlée, all das nahm Tom zum Anlass für eindeutig zweideutige Bemerkungen und sie ließ sich kichernd und erwartungsvoll darauf ein.

Nachdem sie eine Flasche Champagner aufs Zimmer bestellt hatten, betraten sie bereits eng umschlungen den Aufzug.

„Ich muss unbedingt wissen, wie sich Deine Haut anfühlt, überall“, flüsterte Tom Louisa ins Ohr. Dabei biss er sanft in ihr Ohrläppchen, während seine Hand langsam über ihren Po strich, dessen Rundung sich vorteilhaft unter dem engen roten Kleid abzeichnete.

Kaum hatte sich die Zimmertür hinter ihnen geschlossen, gab es kein Halten mehr. Auch Louisa fühlte sich von einer Leidenschaft erfasst, die sie seit Längerem vermisst hatte. Sie knöpfte Toms Hemd auf, strich über seine glatte, sonnengebräunte Brust und ließ die Hand tiefer wandern. Auch seine Jeans hatte Knöpfe, die sie nun einen nach dem anderen öffnete, während Tom bereits den Reißverschluss ihres Kleides aufgezogen hatte, das sich wie eine zweite Haut von ihrem Körper löste und zu Boden glitt. Er bedeckte ihren Körper mit Küssen, wobei er sie sanft aufs Bett schob. Verlangend streckte sie ihm die Arme entgegen, ihr Gesicht glühte. Tom aber bückte sich, hob die Jeans vom Boden und griff zielsicher in die Gesäßtasche. Was Louisa nun zu sehen bekam, gefiel ihr gar nicht und ihre Leidenschaft kühlte um einige Grade ab.

„Du willst ein Kondom benutzen?“, fragte sie und versuchte, es leicht und locker klingen zu lassen, um ihr Entsetzen zu verbergen.

„Beim ersten Date immer, Süße.“ Tom lächelte und kam langsam näher. Plötzlich waren seine Hände überall, erkundeten jeden Quadratzentimeter ihrer Haut, wie er im Aufzug versprochen hatte und Louisa vergaß alle Gedanken und Pläne und genoss den Augenblick.

Später, als sie schwer atmend neben ihm lag,

flammte kurz der Gedanke an ihr Ziel wieder auf. Pflichtschuldig huschte sie ins Bad und schickte Betty eine SMS zur Beruhigung: „Alles o.k., drück dich.“ Das würde die Freundin zumindest schlafen lassen, hoffte sie. Was Louisa in diesem Moment noch nicht wusste: Auch die Uhr in ihrem Inneren sollte in dieser Nacht stumm bleiben.

Am nächsten Morgen war Tom bereits fort, als sie erwachte. Stattdessen lag ein kleiner Plüschteddy auf seinem Kopfkissen, ein Berliner Bär mit Krone und Schärpe, der sie aus braunen Knopfaugen wissend anblickte. Louisa beschloss, Tom in angenehmer Erinnerung zu behalten, zumal er die Rechnung komplett bezahlt hatte, wie sie an der Rezeption erfuhr. Das Hotel lag direkt am Kurfürstendamm und Louisa bummelte nach dem Frühstück im Schatten der Platanen, betrachtete die Auslagen in den Schaufenstern und erstand ein kleines, champagnerfarbenes Jäckchen. Es war zwar sündhaft teuer, passte aber wunderbar zu ihrem roten Kleid, in dem sie sich gestern sehr wohl gefühlt hatte, viel weiblicher, als in ihren Hosenanzügen.

Die Fahrt mit dem ICE nutzte sie, um ein wenig zu schlafen. So kam sie viereinhalb Stunden später angenehm erholt in Köln an und ließ sich auf direktem Weg zum „Hotel im Wasserturm“ fahren.

Luxus pur empfing sie bereits in der Lobby. Gedämpftes Licht und stilvolle Blumenarrangements kamen vor den Wänden aus alten Ziegelsteinen hervorragend zur Geltung. Ein freundlicher Page in Uniform brachte ihr Gepäck in die großzügige Suite. Das Bad war ganz in hellem Marmor gehalten und hatte einen eigenen Whirlpool. Louisa seufzte, als sie an die letzte Nacht dachte. Hier hoffte sie eine ebenso heiße, aber erfolgreichere Fortsetzung zu finden.

Das Gourmet-Restaurant „La Vision“ befand sich in der 11. Etage des ehemaligen Wasserturms, unter einer gläsernen Kuppel. Von hier oben hatte man einen wundervollen Blick auf Köln. Louisa stand in ihrem „Kleinen Schwarzen“ auf der Dachterrasse, die sich rund um die Kuppel wand, und ließ sich den leichten Sommerwind durchs Haar wehen, während sie verträumt auf den Kölner Dom blickte. „Rapunzel wäre stolz gewesen, ihr Haar hier herunterzulassen“, soll Brad Pitt gesagt haben. Das hatte sie im Hotelprospekt gelesen. Ein wohltönendes, tiefes „Guten Abend Louisa“ klang von hinten an ihr Ohr. Oh, diese Stimme hatte ihr schon am Telefon winzige, angenehme Schauer über den Rücken laufen lassen. Das musste Harry sein, erfolgreicher Unternehmensberater, Tennisspieler und für seine fast 50 Jahre sportlich und flott. So hatte sie ihn auf den Fotos gesehen, die er ihr per Mail geschickt hatte. In freudiger Erwartung drehte sie sich langsam um, diesen letzten Moment prickelnder Ungewissheit wohlig auskostend.

„Ups," entfuhr es ihr. Und dann vorsichtig „Harry?"

„Wie er leibt und lebt!" Mit einem dröhnenden, freudigen Lachen breitete er seine Arme aus und kam auf sie zu. „Louisa! Du bist in natura noch viel schöner als auf den Fotos!"

Was ich von dir nicht behaupten kann, dachte sie, verkniff sich aber, es laut auszusprechen. In Gedanken verglich sie die Fotos, die sie gesehen und in ihrem Kopf abgespeichert hatte, mit dem Mann, den sie nun „wie er leibt und lebt", vor sich stehen sah. Vor ihrem inneren Auge sah sie einen knackigen, schlanken Mann, mit lockigem schwarzen Haar. In weißen Shorts und T-Shirt, den Tennisschläger in der Hand, verschmitzt, wie ein Lausbub, in die Kamera grinsend. Der Harry, dem sie hier gegenüberstand, hätte, mit etwas gutem Willen, der deutlich ältere Bruder des Tennisspielers sein können. Schütteres, immer noch schwarzes Haar, das mit Sicherheit gefärbt war. Ein ziemlich weites Hemd fiel locker über die Hose und sollte so den Wohlstandsbauch verdecken. Das Gesicht hatte sich den Gesetzten der Schwerkraft beugen müssen. Es erinnerte sie an Winston Churchill.

„Ups," entfuhr es ihr erneut, während sie geschickt

seinen Armen auswich und auf den Kölner Dom deutete: „Die Aussicht von hier oben ist wirklich atemberaubend." Dann nahm sie all ihren Mut zusammen und fragte ihn geradeheraus: „Du, Harry, die Fotos, die du mir geschickt hast ..."

„Ja, Louisa, ich weiß, die sind schon ein bisschen älter. Aber ich fühl mich noch genau so, ehrlich."

„Ach, erzähl du mir nichts von Ehrlichkeit." Louisa konnte ihre Enttäuschung nur schwer verbergen und fuhr entschlossen fort: „Oder doch - sag mir die Wahrheit - wie alt bist du?"

Harry atmete tief durch. „Also, auf den Fotos bin ich wirklich 50. Und jetzt bin ich 61."

„Lügner!" Nun war sie richtig wütend. „Da hast du mich ja mal richtig verarscht! Und ich komme extra wegen dir nach Köln. Nee Harry, mit so unehrlichen Menschen kann ich gar nichts anfangen."

„Bitte Louisa, ich sehe ja ein, dass du sauer bist. Wir haben uns doch so gut verstanden, in den Mails und am Telefon und da dachte ich, das wäre dir wichtiger als mein Alter. Lass mich dich wenigstens zum Essen einladen, damit du nicht ganz umsonst angereist bist."

„Nein Harry, ich möchte bitte, dass du jetzt gehst."

Nach einem exzellenten Abendessen, das sie allein im „La Vision“ einnahm und einem abschließenden Kaffee draußen auf der Terrasse, ließ Louisa ein letztes Mal ihren Blick über die Dächer Kölns schweifen. Im Licht der untergehenden Sonne lag die Stadt wie vergoldet zu ihren Füßen. Mit Betty hatte sie direkt nach Harrys unfreiwilligem Abgang telefoniert, damit die Freundin den heutigen Abend unbesorgt genießen konnte. Genau das hatte Louisa nun auch vor. Was soll‘s, dachte sie und bestellte sich eine Flasche Champagner auf ihr Zimmer. Dort lag sie dann, im Whirlpool, fühlte das warme Prickeln des Wassers auf ihrer Haut und das kühle Perlen des Champagners in ihrem Mund, der anschließend in ihrem Bauch ebenfalls ein warmes Prickeln entfachte. Sie genoss es sehr, hier zu sein. Allein. Nicht einen dieser Momente hätte sie mit Harry teilen mögen. Wer war überhaupt Harry, dachte sie und kicherte.

Die Rechnung, die sie nächsten Morgen an der Rezeption bezahlte, tat schon ein bisschen weh. Trotzdem fühlte sie sich heiter und beschwingt, als sie das Hotel verließ.

Die letzte Station ihrer Reise sollte Hamburg sein und wieder nahm sie den ICE und empfand die vier Stunden Fahrzeit als angenehm und entspannend.

Vor dem Bahnhofsgebäude fand sie sich sofort mitten im lauten, prallen Leben wieder. Ein großer, bunt gekleideter Clown war von einer Kinderschar umringt und zauberte in Sekundenschnelle Ballontiere, die jedes Mal unter Jubelgeschrei von kleinen Händen in Empfang genommen wurden. Eine südamerikanisch aussehende Familie schmetterte Lieder voller Fröhlichkeit und Lebensfreude in den sonnigen Nachmittag. Besonders von der Tochter der Familie konnte Louisa kaum die Augen lassen. Sie mochte sieben oder acht Jahre alt sein, hatte kleine, schwarze Zöpfe, große Kulleraugen und sang mit einer Begeisterung und Lautstärke, dass Louisa einen Moment lang wünschte, dies wäre ihr Kind.

Nur ungern riss sie sich los und nahm das nächste Taxi zum Steigenberger Hotel. Es befand sich mitten auf der Fleetinsel und so hatte ihr Zimmer ein riesiges Panoramafenster mit Blick auf den Kanal. Doch sie war nicht hier, um aus dem Fenster zu schauen. Einen Kandidaten gab es noch, und wenn sie Glück hätte, würde er der Vater ihres Kindes werden. Erzeuger, korrigierte sie ihre eigenen Gedanken, denn mehr wollte sie nicht von ihm. Passend zur Hansestadt wählte sie heute ein blaues Kleid mit kleinen weißen Punkten und einem großen weißen Kragen. Ihr Anblick im Spiegel erinnerte sie an ihre Kindheit, als sie selbst kurze schwarze Zöpfe trug und ein ähnliches Kleid besaß. Nur hatte es keinen weißen Kragen gehabt und war, statt mit Punkten, mit kleinen Gänseblümchen bedruckt gewesen. Sie fühlte ein leises Bedauern, denn es schien, als hätte sie mit dem Gänseblümchenkleid auch etwas von der Unbeschwertheit des kleinen Mädchens abgelegt, das sie einst gewesen war.

Peer erwartete sie schon in der Lobby und bot ihr freudig seinen Arm an, um sie zunächst an die Bar zu führen.

„Ein kleiner Aperitif kann doch nicht schaden." Dabei lächelte er äußerst charmant. Zumindest schien er ehrlich gewesen zu sein, was sein Alter anging, denn er sah genau so aus, wie auf den Fotos, die er ihr gemailt hatte. Groß, Dreitagebart, wellige, halblange Haare. Gut aussehend. Architekt. Mit ihm könnte sie sich heute Abend noch so einiges vorstellen. Beim Abendessen plauderten sie über alles Mögliche, Hamburg, das Meer, den Bodensee, die Berge. Nur gab es, anders als bei der Begegnung mit Tom, keinerlei zweideutige Bemerkungen. Erst als sie mit einem Glas Champagner in der Pianobar saßen und der Musik lauschten, nahm Peer ihre Hand, sah ihr tief in die Augen und sprach: „Komm! Ich will Dich ..."

Auf dem Weg zum Lift griff er routinemäßig in die Tasche seines Sakkos, um einen Blick auf sein Handy zu werfen. Plötzlich blieb er mit ernstem

Gesicht stehen, schluckte und nahm ihre Hand.

„Tut mir leid, ich muss gehen."

„Ist was passiert?"

„Ja, mein Pferd, es steht in Alveslohe. Der Tierarzt ist gerade bei ihm. Ich muss sofort hin. Sorry." Bedauernd hob er die Schultern, strich ihr über die Wange und lief zurück in die Lobby.

Na toll! Einfach so stehen gelassen. Wegen eines Pferdes! Louisa war einen Moment lang völlig verwirrt und sprachlos. Dann spürte sie ein sanftes Kribbeln in ihrem Brustkorb, das immer stärker wurde und langsam nach oben stieg. Sie fing an zu glucksen, erst leise, abgehackt, fast wie bei einem Schluckauf. Schließlich konnte sie sich nicht mehr halten und lachte aus vollem Halse. Es war ein herzliches, befreiendes Lachen. Tränen stiegen ihr in die Augen, sodass sie nur verschwommen wahrnahm, wie ein paar Gäste, die gerade aus dem Fahrstuhl kamen, sie verwundert und besorgt musterten.

„Ist Ihnen nicht gut?" Eine ältere Dame war stehen geblieben.

„Nein, danke, alles bestens. Es ging mir noch nie so

gut.“ Louisa tupfte sich mit ihrem Taschentuch vorsichtig die Augen ab, gluckste immer noch und sprang in den Fahrstuhl, kurz bevor die Türen sich wieder schlossen.

Den Rest des Abends verbrachte sie in der Panorama-Sauna, mit Blick auf die Dächer der umliegenden Häuser. Sie hatte das Gefühl, als ob mit dem Schweiß, der aus ihren Poren drang, auch all die belastenden Gedanken ihren Körper verließen. Ihr Abenteuer war komplett anders verlaufen, als sie geplant hatte, na und? Betty lachte am Telefon mit ihr und schien sehr erleichtert, dass ihre Freundin nicht, wie sie im Innersten befürchtet hatte, in den Händen eines perversen Sexgangsters gelandet war.

Am Sonntagmorgen erwartete Louisa noch eine Überraschung. Sie wollte eigentlich nur ein kleines Andenken an ihren Besuch in Hamburg erstehen und betrat deshalb den Hotelshop. Und erstarrte. Da war es, ihr Kleid. Blau, mit weißen Gänseblümchen. Nur eben nicht als Kinderkleid, sondern genau in ihrer Größe. Das musste sie einfach haben! Es war schmal geschnitten, der Rock endete knapp über dem Knie und passte ihr wie angegossen.

Mit dem Kleid im Gepäck flog sie nach

Friedrichshafen und schwebte wenig später auf dem Katamaran über den See zurück nach Konstanz. Die Berge schienen ihr stumm zuzulächeln, als hätten sie in ihrer uralten Weisheit schon viel gesehen und gewusst, dass alles so kommen würde.

Am Montagmorgen betrat sie die Bank in ihrem Gänseblümchenkleid. Als sie an der kleinen Küche vorbeiging, kam Christian Niederecker heraus. Ihm fiel fast die Kaffeetasse aus der Hand, er rief:

„Wow, Frau Bäuerle, Sie sehen toll aus heute!“

Louisa lächelte und sah ihm in die Augen. Unter seinem Blick wurde ihr heiß und kalt zugleich. Konnte es ein, dass ihre Sekretärin unrecht hatte, was diesen Mann betraf?

Louisa nahm sich vor, es herauszufinden.

DER MANTEL

Schon lange habe ich ihn gesucht. Einen Mantel, der mir wirklich passt, mich einhüllt und wärmt. Mehrere habe ich anprobiert. Der eine war zu klein, ich fühlte mich eingeengt darin. Der andere war zu dünn und wärmte nicht genug, wenn es wirklich kalt wurde. Der nächste sah wunderschön aus, fing aber plötzlich auf der Haut an zu kratzen.

Dann wurde es wärmer und ich vergaß für eine Weile die Suche nach dem passenden Mantel. Lief barfuß über die Wiesen, freute mich am Gesang der Vögel und ließ mir von der Sonne die Haut wärmen.

Und plötzlich, ohne ihn zu suchen, fand ich ihn. Wunderschön, wie für mich gemacht. Genau passend. Mich sanft einhüllend, wärmend. Er riecht so gut und fühlt sich ganz weich an auf meiner Haut. Dieser Mantel schützt mich, vor Kälte und eisigen Winden. Es scheint ein Zauber in ihm zu sein, böse Gedanken prallen von ihm ab, können mich nicht erreichen. Gute Gedanken werden verstärkt und können wachsen. Es ist der Mantel der Liebe.

COPII ROMANIA

Copii Romania

Must they live so long in the shadows

Copii Romania

Will we turn and say

Like many times before

We did not know?

(Aus „Copii Romania“ von Barclay James Harvest)

*****

Es gibt Menschen, für die bin ich nur ein *Ding*, eine *Sache*. In dieses Leben wurde ich hineingeworfen, ohne mir aussuchen zu können, wohin. Hätte ich anders gewählt, wenn es eine Alternative gegeben hätte? Wahrscheinlich nicht.

Ich wurde in Bukarest geboren. Meinen Vater habe ich nie kennengelernt. Meine Mutter verschwand irgendwann. So lebte ich auf der Straße, mit anderen, die ein ähnliches Schicksal hatten. Die Älteren lehrten mich, Essbares zu finden und sich dabei nicht erwischen zu lassen. Ich lernte schnell, so überlebte ich. Hunger hatte ich trotzdem immer. Wir schliefen eng beieinander. In unseren Verstecken, wo niemand uns finden durfte, wärmten wir uns gegenseitig. Die Älteren hielten Wache und beschützten uns Kleine. Allein hatte ich Angst und so hatte ich Angst vor dem Alleinsein. Die blieb bis heute.

Eines Tages kamen fremde Menschen, deren Sprache ich nicht verstand. Sie gaben mir zu essen. Es schmeckte komisch und am Anfang vertrug ich es nicht. Sie brachten mich zu einem Arzt und dann nahmen sie mich mit in ihr Land. Ich wollte bei ihnen bleiben, denn sie waren gut zu mir, beschützten mich. Trotzdem brachten sie mich in ein Heim. Schlecht war es dort nicht. Ich war nicht allein und es gab genug zu essen. Nur durfte ich das Heim nicht verlassen.

Eine Familie kam und sprach mit mir. Sie sagten, was für wunderschöne braune Augen ich hätte und dass ich es bei ihnen gut haben würde. Ich glaubte ihnen und sie nahmen mich mit, in ihr Haus. Sie gaben mir eine weiche Decke und zu essen, sie spielten mit mir und ich war glücklich. Dann fuhren sie fort und ließen mich allein. Ich durfte das Grundstück nicht verlassen, nur im Garten spielen. Wussten sie denn nicht, dass ich Angst hatte? Allein. Unerträglich. Die Angst wurde größer und ich lief fort. Sie fanden mich und sahen mich betrübt an. Sprachen von Undankbarkeit. Nachdem ich das dritte Mal fortgelaufen war, musste ich zurück ins Heim. Darüber war ich nicht wirklich traurig.

Die Familie, bei der ich jetzt lebe, holte mich vor sieben Jahren zu sich. Ich durfte zur Schule gehen und habe bei ihnen wirklich ein Zuhause gefunden. Wir haben schon so viele wunderschöne Dinge zusammen gemacht, waren am Meer und in den Bergen. Oft spielen wir Fußball auf der Wiese neben dem Haus. Manchmal muss ich auch allein bleiben. Doch das dauert nie lange und ich weiß, dass sie wiederkommen. Denn sie lieben mich und ich liebe meine Familie. Ich freue mich auf jeden neuen Tag. Und sie sagen, dass ich nie wieder zurück ins Tierheim muss.

NUR NOCH EIN KILOGRAMM

(Eine wirklich böse Geschichte. Nichts für schwache Nerven!)

„Fett biste geworden!“

Na danke! Das hört keine Frau gern, schon gar nicht vom eigenen Ehemann. Sicherlich, ein paar Pfündchen hatte sie zugelegt, an den Hüften und am Bauch. Esther seufzte. Dass ihr auch ausgerechnet jetzt der Knopf von ihrer Lieblingsjeans mit lautem „Plopp“ abspringen und Roland direkt vor die Füße rollen musste. Nun stand er da, in seiner Feinrippunterwäsche und sah sie vorwurfsvoll an. Dabei war auch ihm im Laufe der letzten Jahre ein kleiner Wohlstandsbauch gewachsen. Dummerweise sprach sie diese Erkenntnis laut aus und macht ihn damit richtig wütend.

„Schon mal was von Hormonen gehört, Du dumme Nuss? Bei Männern ab vierzig verändert sich der Körper eben." Mit ruckartigen Bewegungen zog er sich Hemd und Hose an und stellte so demonstrativ seine Gereiztheit zur Schau.

„Ist ja gut", versuchte Esther in zu beschwichtigen, indem sie ihm mit der Krawatte half.

„Nichts ist gut! Glaubst Du, ich will mich mit Dir schämen, nur weil Du ständig mit Deinen Freundinnen beim Kaffeekränzchen hockst?"

Er kniff ihr so derb in die Hüfte, dass es wehtat.

„Hier, diese Fettrolle muss weg. Ein Kilo an der richtigen Stelle abgenommen und Du wärst wieder etwas ansehnlicher." Mit abschätzendem Blick fügte er noch hinzu: „Für dein Alter.

Später, als Roland ins Büro gefahren war, wo er seit Jahren als Versicherungsmakler arbeitete, saß Esther in der Küche und starrte in ihren Kaffee. Wie geringschätzig er sie angesehen hatte. Taxiert und für wertlos befunden, so kam sie sich vor. Also gönnte sie sich heute nur eine „trockene" Tasse Kaffee, ohne Milch und Zucker und vor allem ohne ihren geliebten Marmeladentoast. Vielleicht sollte sie ja wirklich mehr auf ihre Figur achten? Sie wusste, wie leicht Roland zu erzürnen war und es gab nur einen Weg, ihn zu besänftigen - nachgeben.

Schließlich käme es ja auch ihr zugute, wenn die Lieblingsjeans wieder passte, redete sie sich ein, um sich zu motivieren. Trotzdem seufzte sie, als sie in der Garage an ihrem schnellen kleinen Auto vorbei ging. Mit dem Fahrrad war sie schon ewig nicht mehr zum Einkaufen gefahren. Die baumelnden Plastiktüten am Lenker quälte Esther sich auf dem Rückweg den Hügel zu ihrem Reihenhaus hinauf, in dem sie seit fünfzehn Jahren lebten. Was hatte sie damals für Träume gehabt! Kinder kamen darin vor, ein Garten voller Blumen, mit einer Schaukel und einem Planschbecken. Doch Roland wollte zu Hause seine Ruhe haben. Fertig. Schlimm genug, dass die Kinder der Nachbarn draußen herum lärmten, meinte er. Damit war das Thema für ihn erledigt und Esther war es nie gelungen, ihn umzustimmen. Immerhin hatte sie den Blumengarten, dachte sie traurig, während sie völlig außer Atem die Pforte öffnete. Duftende, kleine, pinkfarbene Rosen rankten um einen hölzernen, weißen Bogen. Esther fühlte sich jedes Mal wie eine Prinzessin, wenn sie hindurch schritt. Der Garten war ihr Reich, hier dufteten und blühten Tagetes, Löwenmaul, Lavendel, Sonnenblumen, Cosmeen und unzählige andere Schönheiten um die Wette, lockten Bienen und Schmetterlinge an und ließen so manchen, der zufällig vorbei kam, bewundernd am Zaun stehen bleiben.

Zum Abendessen bekam Roland von ihr sein Wiener Schnitzel serviert, mit Kartoffeln und der dicken braunen Soße, die er so sehr liebte. Esther begnügte sich mit einem Schälchen Salat zu ihrem Schnitzel und ließ die Kohlenhydrate fort.

„Wie ich sehe, hast Du dir meinen Rat zu Herzen genommen." Roland klang versöhnlich, wie immer, wenn er seinen Willen durchsetzen konnte. „Solltest das Fleisch auch lieber weglassen. Oder hast Du schon mal einen fetten Vegetarier gesehen?" Er lachte so dröhnend, dass sein Körper bebte, wobei sein Bauch den Tisch berührte und die Gläser zum Klirren brachte. Gleichzeitig schoss seine Gabel auf ihren Teller herab wie ein hungriger Raubvogel, erhob sich triumphierend wieder und ließ im nächsten Moment Esthers Schnitzel auf Rolands Teller fallen. Wieder lachte er. Sie war mit einem Male gar nicht mehr hungrig, fühlte sich einfach nur gekränkt und traurig.

Nach dem Abendessen verschwand er wie meistens in seinem Arbeitszimmer. Dort spielte er irgendwelche Online-Spiele, von denen sie nichts verstand. Zeitweise drangen auch seltsame Geräusche durch die verschlossene Tür. Fremde Stimmen stöhnten. Manchmal hörte sie das Ächzen ihres Mannes, das in einem seltsam hohen Jaulen gipfelte. Sie wusste genau, was er dann tat.

Von nun an kochte sie nur noch für ihn, was immer er gern mochte. Rindsrouladen, Kasslerbraten, geschmorte Hähnchenschenkel. Immer mit dicker Soße. Sie wollte ihn nicht erneut erzürnen und stocherte brav in ihrem Salat, der sie nicht wirklich satt machte. Vor allem nicht, nachdem sie morgens nur eine Tasse Kaffee und den Rest des Tages Zitronenwasser zu sich genommen hatte. Immerhin hatten der knurrende Magen, das leichte Schwindelgefühl und der Muskelkater vom Radfahren sich gelohnt. Stolz präsentierte sie Roland nach einer Woche ihre Jeans, die sich nun wieder schließen ließ, da sie durch diese radikale Diät tatsächlich zweieinhalb Kilo abgenommen hatte.

„Gut“, sagte er nur. „Aber ein Kilo an der richtigen Stelle könnte immer noch runter. Du weißt ja jetzt, wie‘s geht.“

Fast empfand sie das Wochenende als Entspannung, da Roland mit einem Kollegen Segeln war. Wenigstens brauchte sie nicht für ihn kochen. Dafür fiel ihr die Arbeit in ihrem geliebten Blumengarten um so schwerer. Wenn sie sich bückte, um hier und da ein Unkraut herauszuzupfen, wurde ihr augenblicklich schwindelig. Am Samstagnachmittag kam Birgit vorbei, ihre alte Schulfreundin.

„Dass Du Dir immer noch diese Arbeit aufhalst." Birgit ließ ihren Blick über den Blumengarten schweifen. Esther lächelte. Sie dachte an Birgits Garten, der in ihren Augen keiner mehr war. Weißer und schwarzer Split fügten sich dort zu asymmetrischen Mustern, die nur an wenigen Stellen vom spärlichen Grün kümmerlicher Koniferen durchbrochen wurden. Krönung des Ganzen war eine Skulptur aus verrostetem Stahl, ein Stück verbogene Eisenbahnschiene mit einer silberglänzenden Kugel obenauf. Birgit nannte es einen minimalistischen Garten, Esther fand es einfach nur scheußlich.

Als sie Birgit von ihrer Diät erzählte, ließ sie Rolands kränkende Worte unerwähnt. Das ging niemanden etwas an. Die schon immer sehr schlanke Birgit bestärkte sie in ihrem nicht ganz freiwilligen Entschluss, weiter zu machen mit dem Abnehmen.

„Du wirst sehen, Du fühlst Dich immer besser. Erleichtert." Sie lachte. „Und beim Sex kannst Du viel wilder zur Sache gehen."

Esther schluckte. Ob Roland deshalb schon seit Wochen nicht mehr mit ihr geschlafen hatte? Weil er sie fett und unattraktiv fand?

„Nimmst Du etwa an den Titten ab?" Diese Frage von Roland am Sonntagabend erschreckte und bestärkte sie in ihrer Vermutung, dass seine sexuelle Enthaltsamkeit etwas mit ihrer Figur zu tun haben könnte.

„Das ist Deine Problemzone.“ Mit diesen Worten kniff er ihr wieder in die Hüftröllchen, die sich in der Tat kaum verkleinert hatten. „Noch ein Kilo, und zwar HIER!“ Das klang wie ein Befehl.

Die nächste Woche verging. Esther hielt eisern durch. Fast jedenfalls. Am Freitag kochte sie Gulasch, ihr Lieblingsessen. Dafür verwendete sie grundsätzlich nur mageres Rindfleisch. Kein Hauch Fett durfte daran haften. Der würzige Duft scharf angebratener Fleischstückchen durchzog den Raum. Sie gab Chili und Pfeffer, Kräuter, Salz und ein Löffelchen Sahne mit an die Soße. Beim Abschmecken muss man probieren, das hatte sie von ihrer Mutter gelernt. Auch wenn sie diesen Grundsatz in den letzten Wochen missachtet hatte, ein Gulasch nicht abzuschmecken, das brachte sie nicht übers Herz. Esther führte vorsichtig einen Teelöffel mit der braunen Tunke zum Mund. Hm, dieser Duft. Sie pustete und fühlte sich wie im Schlaraffenland, als die sahnige Flüssigkeit all ihre Geschmacksknospen umspielte, Erinnerungen an verloren geglaubte Genüsse wachrief. Die Schärfe des Chilis harmonierte mit dem kräftigen Geschmack des Rindfleisches und wurde abgerundet durch einen Hauch Rosmarin. Noch ein Löffelchen Soße fand den Weg in ihren Mund. Und noch einer, gekrönt mit einem winzigen Würfelchen Rindfleisch. Esther versank förmlich in diesem Genuss, tauchte den Löffel wieder und wieder in den Topf ein. Ein lautes, grollendes Geräusch riss sie aus ihrer Wonne. Es kam direkt aus ihrem Inneren.

„Grlüps!" Ein Rülpser entfuhr ihr und sie sah sich erstaunt um. Hatte sie wirklich soviel Gulasch in sich hinein geschaufelt? Der Topf war halb leer. Bestürzt fasste sie sich an ihren Bauch, der ihr nun prall und fett vorkam. War es Rebellion des Magens gegen die inzwischen ungewohnte Menge und Würze oder Ekel vor sich selbst? Esther wusste es nicht, fand sich jedoch wenige Augenblicke später über der Kloschüssel wieder und hatte das Gefühl, sich die Seele aus dem Leib zu kotzen.

Mit einem bitteren Geschmack nach Galle und Magensäure sah sie sich hinterher im Spiegel an. War das wirklich sie? Was tat sie hier? Ihr Blick fiel auf die Uhr neben dem Badezimmerspiegel. Gleich würde Roland nach Hause kommen und sie hatte die Nudeln noch nicht aufgesetzt. Während sie schnell mit einem Schluck Mundspülung gurgelte, wischte sie sich den kalten Schweiß von der Stirn. Sie spuckte aus, fuhr kurz mit der Bürste über ihr dichtes braunes Haar und eilte in die Küche.

Das Nudelwasser verschwand genau in dem Moment dampfend und gurgelnd in der Spüle, als Rolands Auto mit knirschenden Reifen die Auffahrt herauf fuhr. Perfekt, dachte sie, als sie das Essen auf den Tisch stellte. Nur ihren Salat hatte sie noch nicht zubereitet. Sie legte ein paar Salatblätter, eine Tomate und ein paar Kräuterstängelchen in die Spüle, um sie später zu waschen. Jetzt war ihr Platz bei Roland am Tisch, damit er ihr während der Mahlzeit von seinem Tag im Büro berichten konnte.

Kauend ließ Roland sich über einen Kunden aus. „Ein dummer Bauer, aber stinkreich, haha."

Dieser hatte Haus und Hof bei Roland versichert, zu völlig überteuerten Preisen.

„Schon jahrelang mein Kunde, vertraut mir halt. Hab ihm was von EU-Richtlinien erzählt, haha."

Roland schaufelte die nächste Gabel voll soßengetränkter Nudeln in den Mund.

„Jetzt hat er unseren Urlaub auf Zypern bezahlt." Er sah kurz zu Esther, bevor sein Blick wieder zurück auf den gut gefüllten Teller fiel.

„Das heißt, ich nehm' Dich mit, wenn Du noch ein Kilo an der richtigen Stelle abnimmst. Will mich doch nicht genieren Deinetwegen."

Erschrocken sah Esther ihn von der Seite an. Meinte er das ernst? Sie freute sich schon seit Monaten auf den Sommerurlaub. Das Meer, die Sonnenuntergänge am Strand, vielleicht sogar eine gemeinsame Segeltour. Würde er sie wirklich hier lassen, wenn sie ihm immer noch zu fett erschien?

Jäh wurde sie aus ihren Gedanken gerissen, als Roland aufsprang, mit drei Schritten an der Küchenspüle war und einen Mundvoll Nudel-, Soßen und Fleischgemisch hinein spie. Mitten auf ihren noch unfertigen Salat! Sie sprang ebenfalls auf und sah ihn ängstlich an.

Mit funkelnden Augen kam Roland auf sie zu.

„Willst Du mich vergiften?"

Fast fürchtete sie, er würde sie schlagen. Das hatte er noch nie getan, jedenfalls nicht mit den Händen. Erniedrigende Worte war sie gewohnt, damit machte er ihr immer wieder klar, wer hier das Sagen hatte. Jetzt schien er sich nur schwer zu beherrschen, mit Gewalt zu zwingen, diese eine, letzte Grenze nicht auch noch zu überschreiten.

In dem durchgekauten Brei, der langsam an den Salatblättern herunterlief, entdeckte sie ein leuchtend rotes Stückchen. Er hatte auf Chili gebissen! Und das war ihre Schuld, denn sie nahm die scharfe Schote sonst immer heraus, bevor sie das Essen servierte.

„Tut mir leid“, flüsterte sie kaum hörbar.

Weitere Wochen vergingen. Esther arbeitete fleißig daran, die Hüftpolster loszuwerden. Was für eine Schinderei! Ihr Auto benutzte sie gar nicht mehr, legte alle Wege zu Fuß oder mit dem Fahrrad zurück. Außerdem machte sie morgens, nachdem Roland aus dem Haus war, eine Stunde Gymnastik. Die Anstrengung half ihr, das leere Gefühl im Magen zu verdrängen, mit dem sie jeden Morgen erwachte. Leider überfielen sie immer öfter so heftige Hungerattacken, dass sie wahllos Essen in sich hinein stopfte, nur um es kurze Zeit später wieder mühevoll zu erbrechen. Dafür hasste sie sich, doch ihr Gewicht sank stetig. An die Schwindelanfälle hatte sie sich fast gewöhnt. Ein Schluck Wasser ließ es meist besser werden. Nur einmal, ganz am Anfang, war sie beim Joggen umgekippt. Ja, sie hatte angefangen zu joggen. Zunächst quälend langsam, doch nun, nach mehreren Wochen Training, empfand sie tatsächlich so etwas wie Stolz dabei. Auf sich selbst! Sie konnte etwas tun, etwas verändern! Denn sie hatte sich verändert. Unmerklich am Anfang, doch nach und nach deutlicher, hatte sich ihre Figur gestrafft. Der Bauch war flacher geworden, die Oberschenkel erschienen ihr fester. Leider waren auch ihre Brüste geschrumpft, sie trug nun wieder einen Push-up-BH, um Roland nicht mit der Nase darauf zu stoßen. Nur die Fettröllchen an den Hüften wollten und wollten einfach nicht verschwinden. Nur unwesentlich kleiner schienen sie geworden zu sein, was Roland immer wieder zu dem Spruch Anlass gab, den sie so hasste.

„Nur noch ein Kilogramm. An der richtigen Stelle.“

Und dann überschlugen sich die Ereignisse. Eines Morgens, als sie die Schmutzwäsche sortierte, fand sie in Rolands Jeans eine leere Kondomhülle. Entsetzt ließ sie sich auf den Badewannenrand fallen und blieb dort sitzen. Um sie herum drehte sich alles. Ihr Mann ging fremd! Diese Erkenntnis traf sie wie ein Schlag ins Gesicht. Immer mehr sackte sie in sich zusammen, rutschte schließlich vom Badewannenrand auf den Fußboden und blieb dort inmitten des Schmutzwäschehaufens liegen. Sie krümmte sich zusammen, schlug wimmernd die Arme um ihre bebenden Schultern. Lange lag sie so, fühlte sich wie gelähmt, verurteilt zur Bewegungslosigkeit. Das fröhliche Geschrei der Nachbarskinder riss sie aus ihrer Lethargie. So spät schon? Kamen die Kinder nicht immer erst am Nachmittag aus der Schule? Erschrocken sprang sie auf. Dann würde auch Roland bald heimkommen und sie hatte noch Nichts gekocht. Zum Glück hatte sie noch Hühnerfrikassee in der Tiefkühltruhe. Dazu kochte sie etwas Reis, bereitete für sich selbst wie immer einen Salat.

Roland kam nach Hause und war überraschend gut gelaunt. Sie wagte nicht, ihn auf das Kondom anzusprechen. Heute nicht und wahrscheinlich auch an keinem anderen Tag.

Nach dem Abendessen verschwand er wieder in seinem Arbeitszimmer. Sie räumte die Küche auf und wollte es sich gerade vor dem Fernseher gemütlich machen, da erschien seine breite Gestalt in der Tür.

„Komm!"

Dieses eine Wort war keine Bitte, sondern ein Befehl. Unsicher folgte sie ihm. Er ging voran ins Schlafzimmer. Was hatte er vor?

„Zieh Dich aus!"

Wollte er etwa Sex mit ihr? War sie ihm endlich wieder schlank und attraktiv genug? Eigentlich wollte sie jetzt nicht mit ihm schlafen, hatte sich schon auf „Wer wird Millionär" gefreut. Andererseits schmeichelte sein wieder erwachtes Interesse ihrem Ego. Zögernd zog sie sich aus.

„Leg Dich aufs Bett!"

Ihr Mann war so anders heute. Sie sah etwas in seiner rechten Hand aufblitzen und unterdrückte einen leisen Schrei. Handschellen. Er hatte tatsächlich Handschellen dabei! Das schien heute keine der üblichen Rein-Raus-Nummern zu werden. Ob er sich solche Spielchen in seinem Arbeitszimmer angeschaut hatte? Mit festem Griff packte er ihr rechtes Handgelenk. Zwei Klicks, und sie war mit der Handschelle ans metallene Kopfteil des Bettgestells gefesselt. Die linke Hand folgte. Klick-klick. Sie sah tatsächlich Lust in seinem Blick, auch wenn sie selbst einfach nur Angst hatte, was als Nächstes kommen würde.

Er bückte sich, griff unter das Bett, holte ein festes, lilafarbenes Seil hervor und schlang es um ihr linkes Fußgelenk. Das Seil schnürte sich tief ein, als er grob daran zog. Ihr linkes Bein wurde aufs Äußerste gestrafft, als er das Seil um den Bettpfosten herum festzog und zu ihrem rechten Fußgelenk hinüberführte. Nachdem er auch den rechten Fuß so fixiert hatte, lag Esther mit gespreizten Beinen auf dem Bett. Sie konnte sich nicht bewegen, ohne dass eine der Fesseln an ihren überstreckten Armen oder Beinen tief ins Fleisch schnitt. Tränen traten ihr in die Augen, sie dachte zurück an den Biologieunterricht in der Schule, als sie einen Frosch sezieren mussten. Der hatte ähnlich hilflos ausgebreitet vor ihr gelegen. Lust empfand sie keine. Das änderte sich auch nicht, als er ihr die Augen mit einem schwarzen Tuch verband. So konnte er wenigstens ihre Tränen nicht sehen, dachte sie.

Mit einem Mal war er über ihr, drückte ihr seine Zunge in den Mund, dass sie kaum noch Luft bekam. Dann löste er sich wieder. Was war das? Etwas Kühles, Klebriges berührte ihre Lippen und verschloss sie. Panik stieg in ihr auf. Klebeband, durchschoss es sie. Das war Klebeband auf ihrem Mund. Sie atmete heftig durch die Nase, fürchtete kurzzeitig, nicht genug Luft zu bekommen und zu ersticken. Dann zwang sie sich selbst zur Ruhe. Ruhig atmen, ruhig liegen. Mantragleich wiederholte ihr Geist diese Worte.

Unfähig sich zu bewegen, zu sehen, was er tat oder auch nur einen Ton von sich zu geben, war sie ihm ausgeliefert. Sein Verlangen schien ins Unermessliche zu wachsen, wie sie den Geräuschen entnahm, die er von sich gab. Sie versuchte sich weit fort zu denken, ans Meer, wo sanft die Wellen ihre Füße umspülten, während sie über den warmen Sand lief. Möwengeschrei, dachte sie. Bitte lass mich Möwengeschrei hören. Doch sein Grunzen war so laut, so dicht an ihrem Ohr, dass es sie immer wieder zurückholte. Hierher in dieses Zimmer, wo sie stumm und bewegungslos alles über sich ergehen ließ.

Später, als er sie losband, fühlte sie nur noch Scham. Benutzt kam sie sich vor, nicht geliebt. Sollte er doch

Kondome benutzen, soviel er wollte, anderswo. Wenn er sie nur in Ruhe ließe. Als sie aufstand, um ins Bad zu gehen, sah er ihr grinsend hinterher.

„Geile Figur hast Du gekriegt. Musste Dich erst ja mit der Nase drauf stoßen, was gut für Dich ist. Na ja, ein Kilo muss noch weg, an der richtigen Stelle.“

Im Bad übergab sie sich. Anschließend duschte sie sich den Schmutz vom Körper, den niemand außer ihr dort sehen konnte. Sie sah ihn und sie fühlte ihn. Auf ihrer Haut und darunter. Sie schrubbte und scheuerte, bis die Haut rot war und brannte, doch sie konnte ihn immer noch spüren. Die salzigen Tränen, die aus ihren Augen liefen, vermischten sich mit dem Duschwasser, verschwanden im Abfluss, würden irgendwo in einer stinkenden Grube landen. Esther wünschte, all ihren Schmerz, ihren Schmutz hinaus weinen zu können. Alles, was schlecht war an ihr, sollte den Tränen folgen und in der dunklen Grube versickern.

Wann sie ins Bett zurück kroch, war ihr nicht bewusst. Irgendwann fand sie sich neben dem schnarchenden Roland wieder. So weit sie nur konnte, rückte sie von ihm ab, sehr nah an die Bettkante, auch wenn sie Gefahr lief, hinauszufallen.

Esther erwachte von einem lauten Knirschen und Scheppern. Fast schien das Haus zu beben, das konnte unmöglich sein, oder? Blinzelnd versuchte sie, zu sich zu kommen. Die Erinnerung an den gestrigen Abend kam in ihr wieder hoch, sie stöhnte auf und wäre am liebsten für immer so liegen geblieben. Es war dunkel im Zimmer, durch die geschlossenen Rollläden drang kaum Licht. Doch ein Blick auf den Wecker neben dem Bett ließ sie sofort hellwach werden. Acht Uhr! Roland musste längst ins Büro! Sie hatte ihm noch kein Frühstück gemacht. Das Bett neben ihr war leer. Und was war das für ein schrecklicher Lärm. Esther lief die Treppe hinunter. In der Küche lag ein Zettel auf dem Tisch. Sie runzelte die Stirn.

„Das schreit nach einer Wiederholung. R."

Rolands Art, ihr zu sagen, dass es ihm gefallen hatte. Sehr sogar, sonst hätte er sie nicht schlafen lassen. Allein der Gedanke an eine mögliche Wiederholung ließ Ekel in ihr aufsteigen. Ein Glas kalten Wassers täte ihr jetzt gut. Sie drehte den Wasserhahn auf, stellte das Glas darunter und sah zu, wie es volllief. Es lief über. Esther hielt ihre Hände in den kalten Wasserstrahl. Sie verlor jegliches Zeitgefühl, stand einfach nur so da. Bis der Lärm sich langsam wieder in ihr Bewusstsein schlich. Als sie den Wasserstrahl endlich abstellte, waren ihre Unterarme eiskalt. Die Oberfläche des Wassers im Glas vibrierte im Takt zu dem Lärm, der irgendwo von draußen zu kommen schien. Esther nahm das Glas und trat ans Küchenfenster. Langsam ließ sie den Rollladen hochfahren. Klirrend schlug das Glas auf den Fliesen des Küchenfußbodens auf und zersprang. Das war ein Albtraum, das durfte nicht wahr sein! Nein!

Im Nachthemd lief sie zur Haustür, riss sie auf. Tränen standen in ihren Augen, als sie sah, was der Bagger bereits angerichtet hatte. Eine breite Schneise der Verwüstung zog sich mitten durch ihren geliebten Blumengarten. Der weiße, unschuldige Holzbogen, der die kleinen pinkfarbenen Rosen getragen hatte, lag zerbrochen und achtlos beiseite geschoben am Straßenrand. Mehrere Männer in grünen Latzhosen und grünen T-Shirts waren dabei, die Reste der Blumen, die der Bagger nicht erfasst hatte, herauszureißen und in einen grünen Container zu werfen. Die robusten Tagetes, die rosafarbenen, zarten Cosmeen, die stolzen Sonnenblumen. Zertreten, herausgerissen, fortgeworfen.

„Stop!“ Esther rannte auf den Bagger zu, fuchtelte dabei wild mit den Armen. Die Männer hielten inne, einer ließ einen anzüglichen Pfiff los. In diesem Moment wurde sich Esther ihrer Blöße bewusst. Das Nachthemd bedeckte gerade so ihren Hintern und auch das Dekolleté war nicht unbedingt das, was diese Männer frühmorgens bei der Arbeit zu sehen bekamen. Egal.

„Stop!“ Wütend schlug sie mit ihrer Hand auf den Bagger. „Seid Ihr verrückt? Was tut Ihr hier?“

„Ähm, arbeiten?!“, kam es vom Baggerfahrer vorsichtig zurück.

Esther schüttelte den Kopf. „Nein, nein, nein!“ Mühsam hielt sie die Tränen zurück, um noch klar sprechen zu können. „Das muss ein Missverständnis sein, ein ganz schreckliches Missverständnis.“

„Sie sind doch Frau König?“ In der Stimme des Baggerfahrers schwang leichte Unsicherheit mit. „Ihr Mann hat uns noch eingewiesen, bevor er zur Arbeit fuhr.“ Im nächsten Moment sprang er vom Bagger herunter und sah sie mit fragenden Augen an.

Vor Esther drehte sich alles. Sie stützte sich mit der linken Hand am Bagger ab, während sie den Daumennagel der rechten Hand so schmerzhaft in ihren Handteller drückte, dass sie fast aufgeschrien hätte. Jetzt bloß nicht ohnmächtig werden.

„Ja, ich bin Frau König.“ Fast hätte sie laut aufgelacht. Frau König. Frau Königin. Was für ein stolzer Name. Und wer war sie wirklich? Hatte sie nicht jahrelang ängstlich und unsicher im Schatten ihres Mannes gelebt? Sich von ihm abhängig gefühlt, denn er brachte schließlich das Geld nach Hause. Was wäre sie denn ohne Roland? Frau Königin ohne

Schloss und Krone?

Als hätte jemand einen Schalter umgelegt, straffte sie sich, sah dem Baggerfahrer direkt in die Augen.

„Und Sie sind...?“

„Ulf Wittich junior, von Wittich & Wittich Gartenbau.“

„Und Sie haben welchen Auftrag?“

Wittich Junior sah sie unsicher an.

„Also, falls da ein Missverständnis vorliegen sollte ...“

„Nein, nein, wahrscheinlich ist es mir nur entfallen. Eine Überraschung meines Mannes sozusagen.“

„Na ja, wir sollen hier so einen modernen, minimalistischen Garten anlegen. Sie haben dann quasi null Aufwand mit der Pflege.“

„Ach ja. Das war schon immer mein Wunsch.“ Esther lächelte gequält. „Entschuldigen Sie, ich habe schlecht geschlafen. Machen Sie ruhig weiter.“

Wie betäubt ging sie ins Haus zurück. Sie setzte einen Fuß vor den anderen, aber war das noch ihr Fuß? Sie winkte den Arbeitern im Hintergrund zu, die verunsichert ihr Werk der Zerstörung wieder aufnahmen, aber war das wirklich ihre Hand, die da winkte?

Sie durchlebte den Tag wie im Fieber. Wenn sie am Nachmittag jemand gefragt hätte, was sie am Vormittag getan hatte, sie hätte es nicht beantworten können.

Das Telefon schellte. Wie betäubt sah sie auf das Display und erkannte Rolands Nummer.

„Hallo?", mehr brachte sie nicht über die Lippen.

„Esther, alte Schnecke, ich komm heute früher nach Hause. Du hast mich gestern so geil gemacht. In einer halben Stunde bin ich bei Dir." Ohne eine Antwort abzuwarten, legte er auf.

Eine halbe Stunde. Eine verdammt kurze Galgenfrist war das. Was blieb ihr anderes übrig, als sich auf sein Spielchen einzulassen? Esther öffnete den Kühlschrank. Da lag noch eine Flasche Weißwein. Seit sie auf Diät war, hatte sie auf Alkohol verzichtet. Nun öffnete sie die Flasche, goss sich eines der schönen Kristallgläser, die sie von ihrer Großmutter geerbt hatte, randvoll und leerte es in einem Zug. Der Alkohol entfaltete seine Wirkung nicht sofort. Sie schaffte es bis ins Bad, zog ihr Nachthemd aus, das sie immer noch trug, und stand gerade unter der Dusche. Da spürte sie ein leises Kribbeln in sich aufsteigen, wie Perlen in einem Sektglas. Als sie sich abtrocknete, sah sie jedes einzelne Härchen auf ihrem Arm. Sie standen glasklar vor ihr, schienen zu vibrieren. Das sah lustig aus. Esther kicherte noch immer, als sie tief in der Schublade wühlte, in der sie ihre Unterwäsche aufbewahrte. Da waren sie! Erleichtert atmete sie auf und ließ sich aufs Bett fallen, um die halterlosen Strümpfe überzustreifen. ROTE halterlose Strümpfe! Vor Jahren in einem Anflug von Unvernunft gekauft, hatte sie sich nie getraut, sie zu tragen. Den passenden String und einen BH, der mehr preisgab, als er verbarg, fand ihre tastende Hand ebenfalls. Wie gut, dass sie abgenommen hatte, sonst hätte sie heute nicht hineingepasst. Schon wieder musste Esther kichern. Die Rollläden ließ sie, wie sie waren. Was hier gleich geschehen würde, ging niemanden etwas an. Gerade trank sie ein weiteres Glas Weißwein in einem Zuge leer, da hörte sie Rolands Auto mit quietschenden Reifen um die Ecke in ihre Auffahrt schießen. Esther gurgelte fast vor Lachen. Mann, war der geil!

Sie erwartete ihn im Schlafzimmer. Er stürmte die Treppe hinauf, kam in den abgedunkelten Raum und brauchte eine Weile, um sich an das Dämmerlicht zu gewöhnen. Diesen Moment nutzte sie geschickt aus, indem sie ihn sanft, aber bestimmt auf das Bett drückte. Seine Hände tasteten nach ihr, fühlten den durchbrochenen, zarten Stoff des Nichts auf ihrer Haut. Roland gab einen gurgelnden, animalischen Laut von sich. Esther flüsterte ihm Worte ins Ohr, die nur für ihn bestimmt waren. Ein seliges Lächeln überzog sein Gesicht, als er sich auf dem Bett ausstreckte. Klick-klick. Das war sein rechtes Handgelenk. Noch einmal klick-klick. Seine linke Hand war nun ebenfalls ans Bettgestell gefesselt und er ließ weitere wonnige Grunzlaute hören. Vorsichtig wand Esther das schwarze Seidentuch um seinen Kopf, sodass es die Augen vollständig bedeckte. Sie hatte Mühe, den Reißverschluss seiner Hose zu öffnen, so gross war seine Erregung, die sich von innen gegen den Stoff presste. Roland ließ ein sanftes Stöhnen hören, als sie ihn endlich befreite, den Druck von ihm nahm. Mit einem Ruck zog sie ihm Hose und Unterhose von den Beinen. Dann knöpfte sie langsam sein Hemd auf, das sie noch vor wenigen Tagen gebügelt und faltenlos in seinen Schrank gelegt hatte. Die Ärmel liessen sich nicht mehr abstreifen, da seine Hände bereits gefesselt auf das warteten, was sie mit ihm tun würde.

„Bitte Baby, mach weiter!“ Fast war es ein Wimmern, das aus seinem Mund kam. Sie nahm das lilafarbene Seil, schlang es um sein linkes Fußgelenk, wie er es tags zuvor mit ihr getan hatte. Nahm den Weg über den Bettpfosten zum rechten Fußgelenk. Verknotete fest. Zog mit den Zähnen nach.

„Ja, Baby, ja!“ Seine Worte waren ein einziges Stöhnen, ein Betteln um Erlösung.

Oh ja! Sie nahm die Rolle silberfarbenen Klebebandes, die er unter dem Bett hatte liegen lassen. Verschloss seinen Mund. Sein Glied vibrierte vor Lust.

Esther löste seine Augenbinde. Was nun kam, sollte er mit ansehen. Alles!

Die Geilheit in seinem Blick tastete jeden Zentimeter ihres Körpers ab. Das hier übertraf Alles, was er bisher erlebt hatte.

„Ja, Baby, ja!“, sprachen seine Auge, statt seines verklebten Mundes.

Esther genoss diesen Blick. Noch mehr genoss sie die leichte Irritation, das Flackern in seinen Augen, als er es in ihren Händen silbern aufblitzen sah.

Vorsichtig, sanft, fast streichelnd, fuhr sie mit dem Messer über seinen Bauch. Noch immer schien er diesen Anblick zu genießen, für einen Teil des Spiels zu halten. Doch im Hintergrund seines lüsternen Blickes, sah sie die Unsicherheit wachsen.

Fast zärtlich stieß sie zu und eine kindische Freude durchströmte sie, als sie den winzigen Blutstropfen sah, den der kleine Schnitt gebar. Gleich einer sich entfaltenden Rosenblüte drängte er ans Licht. Esther lachte. Sie liebte Rosen.

Gut, dass sie die Fesseln so fest angezogen hatte!

Sehr gut sogar. Denn nun, da sie dem ersten Rosenblütenblutstropfen weitere folgen ließ, begann er sich zu winden, versuchte sich dem Schmerz zu entziehen, der ihn mehr und mehr gefangen nahm. Esther warf einen prüfenden Blick auf seine Füße. Das Seil hielt und schnitt sich mit jeder Bewegung nur tiefer in seine feisten Fußgelenke. Wieder kam ihr das Bild von dem Frosch in den Sinn. Das war nicht ihr Ehemann, der da vor ihr lag.

„Nur noch ein Kilo", flüsterte sie in sein Ohr. „Kannst Du Dir überhaupt vorstellen, welche Mühe es mich gekostet hat, jedes einzelne Kilogramm zu verlieren?" Kurzzeitig flammte Zorn in ihrem Blick auf, bevor sie wieder sanft und geduldig, wie eine Mutter zu ihrem Kind, weitersprach.

„Ich werde es Dir erklären. Du wirst es verstehen."

Mit präzisem Schnitt trennte sie einen Hautlappen von seinem Bauch. Roland wollte schreien, doch das Klebeband ließ nur einen gurgelnden Laut nach Außen dringen. Esther sah Entsetzen in seinen Augen. Unsicheres Schwanken lag darin. Als wenn ein Teil von ihm immer noch glauben wollte, dass es sich hier um ein Spiel handelte, einzig und allein dazu erdacht, seine Lust ins Unerträgliche zu steigern. Doch ein anderer Teil von ihm begann schon, sämtliche Alarmglocken zu läuten, seinen Überlebenswillen zu mobilisieren. Wie schrecklich musste es sich für ihn anfühlen, dass sie, seine Frau, seine Esther, sich gegen ihn wandte?

Sie schnitt tiefer. Butterweich. Dieses Wort kam ihr als Erstes in den Sinn, als sie die Fettschicht an seinem Bauch durchtrennte. Eine verdammt dicke Fettschicht, das sollte bitte schön festgehalten werden.

„Soviel Fett. Ich will doch nur ein Kilo. Von der richtigen Stelle."

Mit Bedacht zog sie das Messer tiefer, rief sich die menschliche Anatomie vor Augen. Unter all dem Fett musste doch Muskelmasse verborgen sein, oder?

Rolands Augen waren starr auf sie gerichtet. Esther konnte nur ahnen, was in seinem Kopf vorging. Wahrscheinlich glaubte er, sie habe ihre neue, begehrenswerte Figur nur ihm zu verdanken. Für ihn war sie immer ein willenloses Spielzeug gewesen, nicht lebensfähig ohne ihn. Doch da hatte er sich getäuscht.

Er versuchte, vor Schmerz aufzuschreien, als sie mit dem Messer tiefer fuhr, in ihn eindrang. Das Klebeband ließ seinen Schrei zu einem leisen Stöhnen verkümmern.

Roland wollte sich hin und her werfen, nicht wahrhaben, was er sah, doch die Fesseln hinderten ihn daran. Esther hielt tatsächlich einen Moment inne in ihrem Schneiden. Einen Moment, in dem er glaubte, glauben wollte, dass dies immer noch ein Spiel sei. Doch dann fuhr ihre Hand erneut unter das Bett und mit einem triumphierenden Lächeln brachte sie einen Gegenstand zum Vorschein, den er wohl als Letztes in ihrem, in seinem Schlafzimmer vermutet hätte. Unschuldiges Weiss glänzte ihm entgegen. Harmlos, harmlos, harmlos, strahlte es. Hunderte Male zum Kuchenbacken benutzt. Präzise, untrügbar, deutsche Wertarbeit. Die Küchenwaage, stets bereit, auf ein Gramm genau abzuwägen, was den Geschmack, die Verzückung des Genießers noch steigern könnte. Was glaubte er wohl, wollte Esther hier im Schlafzimmer damit anfangen?

„Nur noch ein Kilo“, flüsterte sie in sein Ohr. Sein Blick war ein einziger Schrei, als das Messer sein Werk fortsetzte. Esther sah, dass er innerlich tobte, an den Fesseln zerrte, ruckte, riss. Seine ganze männliche Kraft nütze ihm jetzt nichts, wie sie mit Genugtuung feststellte. Die Handschellen rieben und rissen an seinen Gelenken, scheuerten und schnitten sich immer tiefer ins Fleisch, je mehr er sich um Befreiung bemühte.

Fettschichten wurden beiseite geschnitten und geschoben. Kleine Muskelstränge, die sich unwillig offenbarten, konnten ihrem Blick nicht entkommen und landeten wenig später auf der glänzenden Waagschale. Fünfundachtzig Gramm. Ein Anfang.

Einhundertvierundsiebzig Gramm. Ein Flehen in seinen Augen.

Zweihundertachtundfünfzig Gramm. So würde sie morgen früh noch hier sitzen.

Ein Ton, der nichts Menschliches mehr an sich hatte, erfüllte den Raum. Eine Mischung aus Stöhnen und Jaulen, wie von einem wunden Tier, das unsägliche Qualen litt. Esther fühlte kein Mitleid. Prüfend glitt ihr Blick über seinen Körper. War da nicht irgendwo mageres Muskelfleisch, das einfacher zu erreichen wäre?

Die Oberschenkel. Die Waden. Der Bizeps. Bizeps klang gut. Das war doch der Muskel, den Männer trainierten, wenn sie Liegestütze oder Klimmzüge machten? Undeutliche Erinnerungen stiegen in Esther hoch. Ihr Mann, Roland, an einer Reckstange. Roland im Liegestütz auf dem afghanischen Teppich in ihrem Wohnzimmer. Irgendwo da unten, in der Tiefe verborgen, musste mageres Muskelfleisch schlummern.

Sie schnitt, mit Bedacht und wachsender Begeisterung.

Dreihundertzweiundzwanzig Gramm.

Roland wurde leiser, das Jaulen ging in ein wimmerndes Röcheln über, bis er ganz verstummte. Nein, so einfach wollte sie es ihm nicht machen. Wie gut, dass sie in ihrem Nachtschrank immer noch ein paar Ammoniak-Riechampullen aufbewahrte. Sie zerbrach das dünne Glasröhrchen, das in einer Gazehülle steckte, und hielt es Roland unter die Nase. Beim ersten Atemzug passierte gar nichts. Beim zweiten flatterten seine Nasenflügel, beim nächsten die Augenlider. Ein tiefes, resigniertes Stöhnen kam aus seiner Brust, als er die Augen aufschlug. Esther lächelte.

„Schön, dass Du wieder bei mir bist."

Und noch etwas erfreute sie. Die roten, halterlosen Strümpfe waren gut gewählt. Wo Rolands Blut die filigrane Spitze benetzte, verstärkte es das Muster auf ihren Beinen, liess es leuchtend, fast lebendig erscheinen. Wie ein Netz von Adern, das ihre Oberschenkel pulsierend umschloss.

Je mehr Leben sie ihm entriss, desto lebendiger fühlte sie sich.

Vierhundertundacht Gramm.

Fünfhundertunddrei Gramm.

Sechshundertundsiebzehn Gramm.

Mehr gab der Bizeps nicht her, da sie immer sorgfältig darauf bedacht war, Fettschichten zu umgehen, abzustreifen, wie eine lästige Hülle.

Längst hatte auch das Laken um Roland sich rot gefärbt. Wie eine Rosenblüte, die ihn trug, ihn empor hob, ihrem Wirken entgegen.

Wann hatte sie je ihren Mann in einer derartigen Schönheit erblickt? Seine stummen Schreie, ausgesandt allein von den Augen, irritierten sie nicht. Kalte Schweißperlen standen auf seiner blassen Stirn, seine Schmerzen mussten unerträglich sein. Mit ergebenem Blick folgten seine Augen jeder ihrer Bewegungen. Als hätte er sich in sein Schicksal gefügt, dachte Esther, als wäre er nur ein stiller Beobachter dessen, was sie mit ihm tat.

„Nur noch ein Kilo", fast zärtlich wiederholte sie diese Worte, wie ein Mantra, das beruhigend auf ihn wirken sollte. Gleichzeitig grub ihr Messer sich tief in seinen Oberschenkel, durchtrennte Fett, Muskel und Sehnen. Sie sezierte ihn wie einen Frosch. Dieser Gedanke belustigte sie, ließ sie die Stücke seines Fleisches mit Leichtigkeit in die Waagschale werfen. Er wimmerte, fast unhörbar. Ohne das Klebeband auf seinem Mund, wäre es ein Hauchen, zu mehr hatte er keine Kraft mehr. Seine Arme und

Beine lagen still, zuckten nur manchmal leicht, wenn sie tiefer schnitt.

Siebenhundertunddrei Gramm.

Achthundetundeinundzwanzig Gramm.

Neunhundertunddreissig Gramm.

Esther betrachtete ihr Werk. Gleich einem Maler, der einen letzen Pinselstrich ansetzt, um sein Meisterwerk zu vollenden, ließ sie die silberglänzende Klinge über seinen Körper gleiten. Sein Mund zuckte unter dem Klebeband, doch sie nahm es nicht wahr. Ein Blutstropfen löste sich von der Klinge und hinterließ eine zarte Spur auf der weißen Haut seiner Brust. Wo sollte sie noch schneiden, um die fehlenden siebzig Gramm zu erlangen?

Sein Herz? Zu groß für ihre Klinge, zu klein für sie.

Das Messer glitt hinab, zwischen seine Beine. Verweilte dort kurz. Mit andächtigem Erstaunen sah sie, wie sein Glied wuchs, sich einer Lust entgegen reckte, die jeder Vernunft widersprach. Die den flehenden Blick seiner Augen, die stummen Schreie Lügen strafte. Konnte es wirklich sein, dass er hier, in dieser Situation des Ausgeliefertseins, Lust empfand?

Ihr Blick blieb an der sich ausbreitenden Röte auf dem Laken hängen. Ihre Rosen, schoss es ihr in den Sinn. Ihr Blumengarten.

Ein Schnitt. Scharf und präzise. Seine Lust erstarb, da sie ihres Symbols, ihrer Verkörperung beraubt worden war.

Eintausend Gramm.

Esther verließ das Haus im dem Moment, als ihr Taxi vorfuhr. Ihr Blick fiel auf den Garten. Wittich & Wittich hatten ganze Arbeit geleistet. Schwarzer und weißer Split teilten die Fläche in asymmetrische Muster auf. Diese wurden nur durchbrochen von einer Handvoll Koniferen, die einzeln und verloren in den Himmel ragten.

Der Taxifahrer half ihr mit dem Gepäck. Prüfend hielt er die Nase in die Luft.

„Zum Flughafen bitte. Ich fliege nach Zypern.“, sagte Esther.

Und mit einem Blick auf die Nase des Taxifahrers. „Ich habe Gulasch gekocht.“

DER KLEINE KOBOLD

(Eine Geschichte für Maren und alle, die sich ein Happy End wünschen.)

Maren erwachte, weil irgendetwas sie an der Nase kitzelte. Langsam schlug sie die Augen auf, versuchte ihre Benommenheit abzuschütteln und wunderte sich. Ein winziger Sonnenstrahl fiel durch die dicken, dunklen Wolken, die vom Wind eilig über den Himmel gejagt wurden. Und dieser einzelne Sonnenstrahl schien ihr direkt auf der Nase herum zu tanzen, zu hüpfen und zu sagen: „Aufstehen, Mittagsschlaf beenden, raus ins Leben!" Als hätte er nur darauf gewartet, dass sein Frauchen endlich die Augen öffnete, kam nun auch Boy herbei gesprungen, wedelte mit dem Schwanz und sah sie aus seinen braunen Hundeaugen erwartungsvoll an. So großer Unternehmungslust gab sie sich lachend geschlagen. „Ist ja gut“, murmelte sie, „ich komm ja schon.“

Nur zehn Minuten später bewegte sich eine lustige kleine Gesellschaft über die Wiese auf den Wald zu. Vorneweg lief Boy, der Riesenschnauzer. Hinter ihm stapfte Maren durch das feuchte Gras, froh darüber, dass sie ihre Gummistiefel angezogen hatte. Ein Stückchen hinter ihr versuchte, mit kleinen Tippelschritten, die Katze Schritt zu halten und gleichzeitig den besonders hohen und damit auch besonders nassen Grashalmen auszuweichen. Schade, dass es keine Gummistiefel für Katzen gab, sie wäre bestimmt ein dankbarer Abnehmer dafür. Und dann waren da noch die beiden Pferde, die auf der anderen Seite des Koppelzaunes mitliefen, als wollten sie nichts verpassen. Man konnte ja nie wissen.

Die Pferde blieben allerdings mit langen Gesichtern am Waldrand zurück, denn dort endete die Koppel. Kurze Zeit später war der Rest der kleinen Truppe aus ihrem Blickfeld verschwunden, als hätte der Wald sie verschluckt. Sie wandten sich wieder den Grashalmen auf der Wiese zu, die ihnen an diesem Ende besonders saftig erschienen.

Der Wald umfing die Wanderer mit seinem Grün wie ein großer, hoher Tempel. Von allen Seiten erklang Vogelgezwitscher und plötzlich huschte kurz vor ihnen ein Eichhörnchen über den Weg. Boy hatte gerade in eine andere Richtung geschaut und es nicht einmal bemerkt, nur die Katze zuckte kurz zusammen, interessierte sich dann aber wieder für die Sonnenstrahlen, die vor ihnen über den Boden tanzten. Sie sprang tatsächlich hin und her und versuchte, die Lichtflecken zu fangen! Lustig sah das aus, und Maren musste lachen.

Immer weiter liefen sie in den Wald hinein. Maren bewunderte die vielen bunten Blumen. Als hätte ein Riese weiße und gelbe Anemonen, blaue Veilchen und saftig grünen Waldmeister miteinander verwoben und unter den hohen Bäumen wie einen Teppich ausgerollt. Plötzlich erfüllte ein sanftes Rauschen die Luft. Der leise Wind wurde etwas stärker und die tanzenden Sonnenstrahlen verschwanden. Im nächsten Augenblick fielen auch schon die ersten Regentropfen fast geräuschlos auf den weichen Waldboden. Maren schlug ihre Kapuze hoch, lächelte und sagte zu sich selbst und ihren Tieren „Na und? Wir sind doch nicht aus Zucker!“ Die Katze sah sie mit grünen Augen tadelnd an, als wollte sie sagen „Katzen haben nicht nur keine Gummistiefel, sondern auch keine Kapuze!“, lief aber weiter hinter Maren und dem Hund her.

Kurze Zeit später kamen sie an eine Waldlichtung, die trotz des Regens von innen heraus zu leuchten schien. Boy blieb stehen und wedelte mit dem Schwanz und auch die Katze sah angestrengt auf die Mitte der Lichtung. Da war doch etwas? Oder besser gesagt - jemand? Mitten auf der Wiese lag ein kleiner Kobold und ließ sich lächelnd den Regen ins Gesicht fallen. Es schien ihm überhaupt nichts auszumachen, dass kleine nasse Bächlein seine Wangen hinab liefen und rechts und links in den Kragen tropften.

Die kleine Gesellschaft trat vorsichtig näher, Boy bewegte schnüffelnd die Nase in der Luft und die Katze lief mit steil aufgerichtetem Schwanz direkt auf das Männchen zu. Der Kobold schlug die Augen auf, und die drei Besucher blieben wie angewurzelt stehen. Das Lächeln des kleinen Mannes wurde breiter, er sprach:

„Was wünscht Ihr?“ Als Maren sofort antworten wollte, hob er abwehrend die Hand und fuhr fort:

„Seid vorsichtig mit dem, was Ihr Euch wünscht, Ihr könntet es bekommen.“

Maren bewunderte die Gelassenheit, mit der er die Tropfen auf sich fallen ließ und, als hätte er ihre

Gedanken erraten, sprach er weiter.

„Wenn Du den Regen im Gesicht spürst, weißt Du, dass Du lebst. Ohne Regen gibt es keinen Regenbogen. Bewahre Deinen Wunsch im Herzen. Wenn Du einen Regenbogen siehst, darfst Du Dir etwas wünschen!“

Plötzlich, beim nächsten Augenaufschlag, war er verschwunden.

Maren dachte lange über seine Worte nach. Wenn es doch wirklich so einfach wäre mit dem Wünschen ... Langsam wurde es Zeit, nach Hause zu gehen. Es regnete immer noch, als sie wieder aus dem Dickicht des Waldes traten, wo die Pferde, weiterhin friedlich grasend, auf sie gewartet hatten. Trotz des Regens bahnten sich ein paar Sonnenstrahlen ihren Weg durch die Wolken und genau über der Wiese begann ein riesiger, wunderschöner Regenbogen zu leuchten. Was waren das auf einmal für tapsige Schritte hinter ihr? Maren drehte sich um und bekam vor Staunen große Augen, bevor sie herzhaft zu lachen begann. Die Katze trug tatsächlich Gummistiefel! Rote Gummistiefel mit weißen Punkten! An allen vier Füssen! Und Boy, was war mit ihm? Was hielt er da im Maul? Das war doch eine Kette Rehbratwürstchen, die guten, wie Maren sie manchmal vom Jäger bekam! Donnerwetter! Sollte der Kobold recht gehabt haben, mit dem Wunsch, den sie jeder offen hatten? Maren überlegte, denn ein Wunsch lag ihr schon lange auf dem Herzen. War jetzt der Zeitpunkt, ihn aussprechen?

In diesem Moment kitzelte ein winziger Sonnenstrahl ihre Nase und sie erwachte auf ihrem Sofa aus dem Mittagsschlaf. Sie fühlte sich ganz benommen, so real war der Traum ihr erschienen. Entschlossen sprang sie auf. „Boy! Katze! Wir gehen in den Wald“, rief sie, während sie ihre Gummistiefel anzog.

Im Wald kicherte ein kleiner Kobold ...

TANZ MIT DEM KLABAUTERMANN

Die Möwen fliegen mit protestierendem Kreischen auf, als Maike auf ihrem Fahrrad um die Ecke schießt, am Imbissstand vorbei, wo die Vögel an den Resten eines Fischbrötchens herumgezerrt haben. Sie ist spät dran und will nicht schon wieder eine Rüge kassieren. „*Schiet!*“ Der Fahrstuhl fährt ihr vor der Nase weg, doch anstatt zu warten, rennt sie fluchend die Treppen hinauf. Das Geschimpfe lässt allerdings von Etage zu Etage nach, denn sie braucht ihren Atem zum Laufen. Keuchend zieht sie die Tür im 7. Stock auf, streicht sich die kurzen schwarzen Haare aus der verschwitzen Stirn und beeilt sich, an ihren Schreibtisch zu kommen. Sie fährt den Computer hoch, setzt das Headset auf und meldet sich an. Zehn Uhr zweiunddreißig zeigt der Bildschirm vor ihr. Na ja, fast geschafft!

„Traumsegler Rostock, Maike Övelgönne. Guten Tag, was kann ich für sie tun?“, begrüßt sie den ersten Anrufer, der zu ihr durchgestellt wird. Es ist ein älterer Herr, der bei der *Hanse Sail* als Gast mitfahren möchte.

„*Äwer man bloot de Warnow rup unn rünner, mien Fru ward so fix seekrank*“, schränkt er vorsichtig ein. Maike ist wieder einmal froh, dass ihre Großeltern auch *Plattdüütsch snacken* und sie so von klein auf gelernt hat, diese urige Sprache zumindest zu verstehen. Schnell sucht sie dem freundlichen Herrn ein paar Angebote heraus. Er hat Glück, denn die meisten Kunden wollen möglichst weit auf die Ostsee hinaus segeln und die schönen alten Segler sind längst ausgebucht. Aber eine Fahrt mit der Barkasse, bis zum Seehafen und zurück, ist genau das Richtige für ihn. „*Schön Dank mien Diern*“, verabschiedet er sich froh. Leider sind die nächsten Anrufer nicht so freundlich. Etliche werden sauer, als sie erfahren, dass die gewünschten Mitsegeltouren ausgebucht sind. Ein Berliner Anrufer unterstellt ihr gar, privat Karten unter der Hand zu überhöhten Preisen zu verkaufen.

Erleichtert geht Maike in die späte Mittagspause, froh, dem täglichen Wahnsinn für eine dreiviertel Stunde zu entrinnen. Wie immer verbringt sie diese Zeit mit ihrer besten Freundin und Kollegin Wiebke, die auch bei „Traumsegler“ arbeitet, allerdings in der

Buchhaltung. Beide Frauen sind zwar gleich alt, könnten aber gegensätzlicher nicht sein. Maike ist groß, schlank und sportlich. In Jeans und weißem T-Shirt sieht sie immer ein wenig aus, wie einem amerikanischen Film entstiegen. Wiebke dagegen ist der mütterliche Typ. Klein, rundlich, mit dauergewellten Löckchen auf dem Kopf, die Maike manchmal scherzhaft als „Mutti-Frisur" bezeichnet. Immerhin ist Wiebke ja auch Mutter zweier kleiner Kinder, fünfjähriger Zwillinge, derentwegen sie nur stundenweise in Gleitzeit arbeitet.

Weil so schönes Wetter ist, holen sich die Freundinnen ein Backfischbrötchen vom Imbiss und schlendern am Stadthafen entlang. Von hier hat man einen guten Blick auf die Rostocker Altstadt, die großen Speicher, in denen sich auch ihre Büros befinden und über die Warnow, hinüber nach Gehlsdorf. Kleine Segelboote ziehen an ihnen vorbei, Kinder mit Schwimmwesten steuern mit konzentrierter Miene ihre *Optimisten* durch die Wellen.

„Au Mann, es ist fünf vor zwölf!" entfährt es Maike plötzlich.

Wiebke schaut sie entgeistert an. „Nein, es ist dreiviertel drei", korrigiert sie mit einem Blick auf ihre Uhr.

„Du Huhn!“ Maike lacht. „Ich meine doch nicht die Uhrzeit, sondern meine innere Uhr. Ich werde nächste Woche dreißig. Und meine Oma sagt: *Weg Diern bet dörtig keen Keerl hett, de fin'nt nie nich eenen!*“

„Deine Oma ist in einer ganz anderen Zeit groß geworden. Die hatte mit dreißig bereits vier Kinder. Und du bastelst noch an deiner Karriere, hast dich doch gerade erst um die Stelle als Abteilungsleiterin beworben.“

„Meinst du, ich hab da eine Chance?“

„Klar! Du hast die nötigen Qualifikationen, kennst den Laden seit Jahren. Warum sollten sie jemanden von außen holen, wenn sie den Posten intern besetzen können?“

Maike wiegt zweifelnd den Kopf hin und her. „Bei meinem Pech sehe ich mich noch als Fünfzigjährige mit dem Headset da hocken. Und zu Hause warten dann höchstens der Fernseher und sieben Katzen.“

Wiebke bleibt abrupt stehen, fasst ihre Freundin am Arm und dreht sie zu sich herum. „Jetzt hör mir mal zu. Alles wird gut! Eigentlich wollte ich dich ja nächste Woche überraschen, aber du brauchst die Aufmunterung wohl jetzt schon - ich hab für uns zwei Plätze auf der GULDEN LEEUW!“

„Was?“ Maike springt Wiebke vor Freude um den Hals. „Auf dem holländischen Dreimast-Topsegelschoner? Siebzig Meter lang, eintausendvierhundert Quadratmeter Segelfläche. Ein Traum von einem Schiff!“

„Ja, ja, ich sehe, du hast deine Hausaufgaben gemacht.“ Wiebke lacht nun auch. „Die dreihundert möglichen Partygäste hast du vergessen. Wer weiß, vielleicht findest du dort deinen Traummann.“

„Wohl eher den *Klabautermann*, aber ich freu mich trotzdem riesig. Dann segeln wir ja in meinen Geburtstag hinein.“

***

Mit gemischten Gefühlen sieht Maike dem kommenden Freitag entgegen. Einerseits freut sie sich wirklich auf die Segeltour, andererseits gehen ihr die Worte ihrer Oma nicht aus dem Kopf.

***

Endlich ist es soweit. Der Freitagmorgen verspricht einen schönen Sommertag. Maike hat Frühschicht und radelt schon um halb acht durch die Kröpeliner Tor Vorstadt in Richtung Warnowufer und Stadthafen. Sie liebt dieses Viertel mit seinen alten Häusern und den schmiedeeisernen Balkonen davor. Die großen Bäume spenden Schatten, von der Küste weht immer ein leichter oder auch stärkerer Wind und trägt den salzigen Geruch des Meeres mit sich. Bei ihrem Lieblingsbäcker hält sie kurz an und kauft zwei Hanseaten, einen für Wiebke und einen für sich. Sie war schon als Kind ganz vernarrt in diese mit Marmelade zusammengeklebten großen Kekse, wahrscheinlich wegen der lustigen Glasur - eine Hälfte mit weißem, die andere mit rosa Zuckerguss. Im Büro bleibt noch Zeit für ein Schwätzchen mit Wiebke in der Küche. Dabei dreht sich alles um die Segeltour heute Abend. Maike wischt sich gerade die letzten Zuckergusskrümel vom Mund, da geht die Tür auf und Herr Nielsen, der Geschäftsführer kommt herein.

„Guten Morgen. Frau Övelgönne, wenn sie fertig sind, kommen sie bitte in mein Büro!“ Und schon ist er wieder draußen.

„War das jetzt gut oder schlecht?“, will Maike wissen. „Sag schon, es geht bestimmt um meine Bewerbung.“

„Denk positiv, Süße!“, muntert die Freundin sie auf. „Geh gleich zu ihm, dann weißt du mehr.“

Eine positiv denkende, selbstbewusst ausschreitende Maike betritt Nielsens Büro. Ein geknicktes Etwas kommt eine Viertelstunde später wieder heraus.

„Ach herrje, so schlimm?“ Wiebke, die vor dem Büro gewartet hat, nimmt die Freundin in den Arm.

„Schlimmer!“, schluchzt Maike.

„Du hast die Stelle nicht bekommen?“

„Ich hab gar keine Stelle!“

„Was?“ Wiebke bleibt vor Entsetzten der Mund offen stehen. „Ist nicht wahr, oder?“

„Doch. Die ausgeschriebene Stelle wird nun doch extern vergeben. Ich wäre einerseits unpünktlich, andererseits für die jetzige Tätigkeit überqualifiziert und würde bestimmt anderswo, meinen Fähigkeiten entsprechend ...“ Der Rest geht in Schluchzen unter.

Später, in einem kleinen Café am Marktplatz, mit Blick auf das siebentürmige Rathaus, sitzen die Freundinnen mit ernsten Gesichtern über ihrem Cappuccino.

„Meinst du, es war klug, zu sagen, wenn ich schon gehen muss, dann sofort?“ Wiebke blickt ihre neue Ex-Kollegin fragend an.

„Ja, glaubst du denn, ich bin noch motiviert, für die da irgendwas zu machen?“ Entrüstet deutet Maike mit der Hand in Richtung Stadthafen und senkt im nächsten Moment seufzend den Blick auf die kleine Plastiktüte mit persönlichen Dingen, die sie von ihrem Schreibtisch mitgenommen hat. Sie fühlt sich hin und her gerissen, schwankt zwischen Bedauern und Trotz.

„Viereinhalb Jahre, und das ist alles, was bleibt.“

„Ach komm, wenn die das so sehen, haben sie dich wirklich nicht verdient,“ versucht Wiebke ihre Freundin aufzumuntern. „Es kommt bestimmt etwas viel Besseres.“ Sie schaut auf die Uhr. „Leider muss ich nun wirklich ins Büro. Wir sehen uns heute Abend auf der GULDEN LEEUW und dann segeln wir deinem neuen Glück entgegen.“

„Och, ich weiß gar nicht, ob ich dazu noch Lust habe. Vielleicht sollte ich lieber Stellenanzeigen studieren und Bewerbungen schreiben.“ Maike sieht ihre Freundin fragend an.

„Das kannst du übermorgen immer noch tun. Jetzt wollen wir deinen Geburtstag feiern und Spaß haben. Gut gelaunt schreibt man erfolgreichere Bewerbungen, das ist eine Tatsache. Ich hol dich ab, um 17 Uhr“, verspricht Wiebke. „Und keine Widerrede. Bis dahin tu dir was Gutes.“

Sie umarmt ihre Freundin noch einmal und tippelt

davon, ins Büro, zu ihren Zahlen.

Maike schluckt. Wie sehr hat Wiebke sich gefreut, sie mit dieser Segeltour zu überraschen. Den Spaß darf sie ihr jetzt nicht verderben. *Watt mutt, dat mutt...* · Und wahrscheinlich hat die Freundin recht, was den Erfolg gut gelaunter Bewerber angeht.

Bereits um halb fünf klingelt es an Maikes Tür. Sie öffnet im Bademantel, die Haare noch nass vom Duschen.

„Du? Jetzt schon?

„Ich wollte sicher sein, dass du rechtzeitig fertig bist.“ Wiebke umarmt die Freundin so herzlich, als hätten sie sich tagelang nicht gesehen. „Peter ist bei den Kindern, da konnte ich eher los.“

„Dein Mann ist ein Schatz“, seufzt Maike. „Wenn mir doch nur so jemand begegnen würde!“

Arm in Arm bummeln sie wenig später in Richtung Warnow. Je näher sie dem Ufer kommen, desto mehr Menschen sind unterwegs. Der ganze Stadthafen ist ein einziges Volksfest. Karussells und Andenkenbuden reihen sich in bunter Abwechslung zwischen Bier- und Imbissständen ein. Eine schwere Wolke schwebt unsichtbar über dem Festgelände, vereint den Geruch von Pommes, Würstchen und Räucherfisch mit den Ausdünstungen von Aftershave und Sonnenöl. Das bunte Gewimmel wird von einem gewaltig hohen Riesenrad überragt.

„Von dort oben kann man bestimmt das Meer sehen", ruft Maike, um das Getöse ringsum mit ihrer Stimme zu übertönen. Ihre Augen leuchten vor Begeisterung. Die trüben Gedanken des Vormittags sind vergessen, jetzt sind sie hier und wollen Spaß haben.

Sie lassen sich von den Menschenmassen treiben, immer am Kai entlang, wo die stolzen Segler liegen, die heute Abend noch mit ihren Gästen auslaufen werden.

Dabei kommen sie nur langsam voran, bleiben immer wieder stehen, um die Schiffe zu bewundern. Maike kennt sie alle, zumindest in der Theorie, hat unzählige Male den Kunden am Telefon davon erzählt.

Und dann betreten sie die GULDEN LEEUW. Der schöne Dreimaster hat ein riesiges Deck, auf dem sich alle Gäste gleichzeitig aufhalten können. Mit einem Glas Sekt in der Hand erkunden die Freundinnen das Schiff. Nur wenig später ertönt, laut und kraftvoll, die Stimme des Kapitäns, der sie mit nettem holländischen Akzent an Bord begrüßt. Die

Freundinnen kichern, denn mit seinen langen blonden Haaren, der sonnengebräunten, wettergegerbten Haut und dem Ring im Ohr, erinnert er sie eher an einen Rockmusiker, als an einen Käpt'n. Als die Leinen gelöst werden und sie sich vom Ufer fort bewegen, spürt Maike, wie in ihr auch die letzte Anspannung verfliegt. Das hier ist ihr Abenteuer.

Ein leichter Wind trägt sie mit wenig Segel die Warnow hinab. Das Wasser plätschert leise. Am Ufer ziehen erst die Backsteinhäuser der Altstadt vorbei, dann die Vororte mit ihren Betonburgen. Andere Segler, große und kleine, nehmen den gleichen Kurs. Alle haben nur ein Ziel - hinaus aufs Meer. Möwen folgen ihnen kreischend. Überall winken fröhliche Menschen. Je näher sie der Ostsee kommen, desto frischer weht der Wind. Sie lassen den Seehafen rechts liegen, grüßen den Leuchtturm und den Teepott von Warnemünde und dann werden nach und nach alle Segel gesetzt. Weiße Gischt spritzt hoch auf, kleine Tropfen treffen die Freundinnen im Gesicht, als diese lachend über die Reling schauen. In der Ferne leuchten Nebelschwaden strahlend weiß, wie Geister, die auf den Wellen tanzen. Nun fliegt die GULDEN LEEUW übers Meer, die anderen, kleineren Segler hinter sich zurücklassend. Auch die Gebäude am Ufer, die Kräne der Werft im Hintergrund, werden kleiner und kleiner.

„Danke Wiebke, das ist wirklich das schönste Geburtstagsgeschenk, das ich je bekommen habe“, strahlt Maike.

Musik erklingt vom Bug des Schiffes. Da steht nun ein echter Seebär mit Krausebart, Mütze und Pfeifchen im Mundwinkel. Genüsslich schmauchend spielt er alte Seemannslieder auf dem Schifferklavier, das er sich umgehängt hat. Das Publikum ringsum ist begeistert, die ersten Gäste beginnen tatsächlich, auf dem schwankenden Deck zu tanzen.

„Komm mit!“ Wiebke zieht ihre Freundin durch die große Flügeltür ins Deckhaus hinein. „Da tanzen doch nur die Ollen. Lass uns mal schauen, was an der Bar los ist.“

Sie finden tatsächlich einen freien Platz und bestellen zwei Caipiriña.

„Auf alle, die noch neunundzwanzig sind!“ Maike prostet ihrer Freundin zu.

„Auf dass alles gut wird, wenn du dreißig bist,“ lacht diese.

Die Sorgen des Vormittags scheinen an Land zurückgeblieben zu sein. Maike lacht und albert mit Wiebke herum, lädt sie zu weiteren bunten Drinks mit Schirmchen und Obstspieß ein. Dem Caipi folgt erst „Sex on the Beach“, dann „Tequila Sunrise“.

„Ach, das wär‘s“, träumt Maike. „Nicht mehr anderen den Traum vom Segeln verkaufen, sondern selbst um die Welt segeln, ferne Länder und Strände erkunden. Die Sonne hinter Palmen versinken sehen.“

„Als Bardame?“ Wiebke verschluckt sich fast vor Lachen bei dieser Vorstellung.

„Natürlich nicht!“ Maike spielt die Entrüstete. „Eher als Piratenbraut“, was erneutes Gelächter zur Folge hat.

„Vielleicht war das mit den Cocktails doch keine so gute Idee.“ Wiebke ist plötzlich ganz blass.

„Oh je, wirst du etwa seekrank?“ Maike legt besorgt ihre Hand auf Wiebkes Stirn. „Ganz kalt. Komm, wir gehen an die frische Luft!“

„Nee, lass mal, da wackelt ja der ganze Horizont. Ich hab da hinten ein paar Couchen gesehen, da würde ich mich gern hinlegen.“

Maike begleitet die Freundin, findet eine Decke und deckt sie vorsichtig zu.

„Besser?“

„Das wird schon. Geh du dich ruhig amüsieren, es ist dein Fest.“

„Nein, ich kann dich doch nicht allein lassen“

„Kannst du wohl. Ich bin nicht allein, schau dich nur um.“

Sie hat recht. Mittlerweile sind die wenigen Sofas belegt und keiner der Liegenden sieht sonderlich glücklich aus. Zwei Damen der Crew gehen umher, reichen Decken und Tee.

„Ich komm gleich wieder“, verspricht Maike, als sie kurz vor Mitternacht hinausgeht.

Sie hat Glück und findet Platz auf einer der hölzernen Bänke. Das Deck ist voller Menschen, die halblaut redend und lachend umherschlendern. Maike schaut hinauf in den Sternenhimmel. Wunderschön, denkt sie. Eine tiefe Ruhe umfängt sie, während sie sich vom Schiff sanft über die Wellen getragen fühlt.

Der Seebär scheint sein Programm der Stimmung angepasst zu haben. Statt der Schunkel-Lieder trägt der Wind nun leise, seufzende, fast wehmütige Musik an Maikes Ohr.

„*Dörw ik bidden?*“

Sie schreckt hoch und sieht in zwei strahlend blaue Augen. Vor ihr steht ein großer, blonder Mann, der sie freundlich anlächelt und ihr auffordernd seine rechte Hand entgegenstreckt. Gut sieht er aus, sportlich und schlank. Maike schätzt ihn auf Mitte dreißig. Fast automatisch ergreift sie seine Hand, die sich warm und rau anfühlt, und lässt sich sanft emporziehen.

Dann tanzen sie. Zu diesen zarten, wundervollen Klängen, mit wiegenden Bewegungen, die sich nicht nur dem Rhythmus der Musik, sondern auch dem der Wellen anpassen. Es ist ein Wiegen und ein Wogen, fast ein Schweben. Niemand sonst hält sich mehr an Deck auf, sie sind die einzigen Tänzer. Selbst der Seebär mit dem Akkordeon ist nicht mehr zu sehen, nur die Musik klingt magisch durch die Nacht.

„*Vertell mi vun di*", bittet der Fremde sie mit rauer, sanfter Stimme, während er Maike fest und sicher in seinen Armen hält. Tief in sich spürt sie ein Vertrauen zu ihm, eine Wärme, die sie nicht erklären kann. Als wären sie sich schon einmal begegnet. Und so beginnt sie, von sich zu erzählen. Von ihrer Liebe zum Meer und zu den Schiffen, von ihrem Job, den sie gerade verloren hat, ja selbst davon, dass sie immer noch auf der Suche ist, nach dem Einen, dem Richtigen. Mit einem Lächeln fügt sie den Spruch ihrer Oma hinzu:

„*Weg Diern bet dörtig keen Keerl hett, de fin'nt nie nich eenen*!“

Es ist kein Klagen, eher ein von der Seele reden. Für Maike fühlt es sich richtig an, ihn das alles wissen zu lassen.

„*Ick heff 'n niegen Arbeit för di. Hett mit Schäp to daun*“. Dabei sieht er sie erwartungsvoll an. Maike hält dem Blick stand, verliert sich in der Tiefe seiner blauen Augen, in denen sich das Meer zu spiegeln scheint, obwohl um sie herum längst schwarze Nacht ist.

„Das hört sich spannend an. Du musst mir unbedingt mehr davon erzählen.“ Maike lacht. „Nach diesem Tanz.“ Und in Gedanken fügt sie hinzu - wenn ich dreißig bin.

Die Musik hat sich verändert, klingt nun lauter, fröhlicher und verspielter. Ihre Schritte nehmen den neuen Rhythmus auf. Sie wirbeln Arm in Arm herum, fliegen über die blank gescheuerten Decksbohlen, springen, wilder und wilder, immer der Melodie folgend. Nebelschwaden wabern um die GULDEN LEEW, folgen dem Tanz, gesellen sich zu ihnen wie ein fröhlicher Reigen. Maike hört über sich die Segel im Wind knattern. Sie fühlt sich empor gehoben, die Musik ist nun überall, lauter, alles übertönend. Ihre Füße tanzen auf dem schmalen Grat der Reling, sie sieht die Schaumkronen der Wellen unter sich, Gischt schlägt ihr ins Gesicht. Doch sie ist sicher und geborgen in den Armen des Fremden. Immer weiter nach oben zieht er sie, nun tanzen sie auf den Rahen. Unter ihnen blinken Teile der großen weißen Segel auf. Maike kichert. Was für ein lustiger Tanz! Sie schmeckt die salzige Luft, der Wind zerrt und zaust an ihren Haaren, fährt ihr in die Kleider, doch sie friert nicht. Eine angenehme Wärme geht von diesem Mann aus, die sich auf sie überträgt. Dann spürt sie keinen Boden mehr, sie tanzen immer weiter, durch den Nebel, nur sie und er, Maike und ...?

Ihr fällt ein, dass er gar nichts von sich erzählt hat, sie noch nicht einmal seinen Namen weiß. Auch danach wird sie ihn fragen. Nach diesem Tanz.

***

Leise und fern, wie aus einer anderen Welt, hört sie eine Stimme: „Maike? Maike, wo bist Du? Alles Gute zum Geburtstag! Alles wird ...“ Wiebkes Ruf verklingt, wird vom Nebel verschluckt. Die Arme des Mannes halten Maike fest. Sie ist glücklich.

Worterklärungen

„Schiet!" - Sch ..., Mist!

Hanse Sail - größtes Volksfest Mecklenburg Vorpommerns. Findet jedes Jahr am zweiten Augustwochenende in Rostock statt. Über 300 Großsegler und unzählige kleinere Schiffe und Boote sind auf der Warnow und der Ostsee unterwegs.

„Äwer man bloot de Warnow rup unn rünner, mien Fru ward so fix seekrank" - „Aber nur die Warnow rauf und runter, meine Frau wird so schnell seekrank."

Plattdüütsch snacken - Plattdeutsch sprechen

„... mien Diern" - „... mein Mädchen"

Optimist - Bootsklasse (kleine leichte Jolle, damit lernen Kinder Segeln)

„Weg Diern bet dörtig keen Keerl hett, de fin'nt nie nich eenen!" - „Welches Mädchen bis dreißig keinen Mann hat, findet nie einen!"

Klabautermann (von Plattdeutsch: „klabastern" = poltern, lärmend umhergehen) - ein meist unsichtbarer Kobold oder Schiffsgeist, vor allem in der Segelschifffahrt.

Watt mutt, dat mutt - Was sein muss, muss sein

Schifferklavier - Akkordeon

„Dörw ik bidden?" - „Darf ich bitten?"

„*Vertell mi vun di*“ - „Erzähl mir von dir!“

„*Ick heff ‘n niegen Arbeit för di. Hett mit Schäp to daun.*“ - „Ich hab eine neue Arbeit für dich. Hat mit Schiffen zu tun.“

Rahe - Querstange beim Segelschiff, Teil der Takelage

EIN GANZ NORMALER TAG, ODER?

Oh, dieser Tag! Heute läuft aber auch alles quer. Ich bin sauer und werde mich beschweren. Bei IHM - diesem Tag, der mit überkochender Milch begann, im Büro nur aus problemgeladenen Meetings bestand und mir nichts als unangenehme Rechnungen in den Briefkasten warf.

Im Geiste lege ich mir meine Worte zurecht. Ganz sachlich und ruhig werde ich mit ihm reden. Dann wird er hoffentlich seine Fehler einsehen und sich künftig mehr Mühe geben.

Da sitzt er ja - der Tag! Lächelt mich einfach an. Hockt mitten auf der Wiese und hat dabei lässig die Beine übereinandergeschlagen. Sein Haar glänzt golden in der Sonne. Was tut er da? Ich setze mich neben ihn und schaue zu, wie er behutsam eine Perle aus einem Körbchen nimmt und auf eine Schnur fädelt. Es ist eine wunderschöne Perle. Leuchtend gelb und glänzend, wie die Blume, die heute auf meiner Fensterbank ihre ersten Knospen öffnete. Fast glaube ich, dass sie den gleichen, zarten Wohlgeruch verströmt. Eine zweite Perle holt der Tag hervor. Sie ist von einer undefinierbaren Farbe, graubraun-dunkelweiß. Aber sie sieht genauso flauschig aus, wie die Schafe, die am Straßenrand weiden. Am liebsten würde ich diese Perle mit meinen Händen berühren, darüber streicheln, fühlen, wie weich sie ist. Auch diese Flauschperle fädelt er auf die Schnur und lächelt dabei.

Das Spiel gefällt mir. Ich bin neugierig, was als Nächstes kommt. Es ist eine grüne Perle, und sie duftet nach Sommer, wie die frisch gemähte Wiese nebenan. Tief atme ich ein, schließe die Augen und denke dabei an viele glückliche Sommertage. Als ich wieder aufblicke, ist auch die grüne Perle bereits auf der Schnur, gefolgt von einer unschuldig weißen. Diese scheint sich leicht im Wind zu bewegen und ähnelt den ersten Anemonen, die ich im Wald entdeckte, als ich mit dem Hund spazieren ging.

Der weißen Perle folgt eine braune, die irgendwie saftig aussieht, ganz wie der Schokoladenkuchen, den die Nachbarin heute Nachmittag mit mir teilte. Dann eine goldene - in ihr scheint der Glanz der ersten Sonnenstrahlen gefangen zu sein, die am frühen Morgen durch mein Fenster fielen.

Sie alle fädelt der Tag mit sanfter Bewegung auf die Schnur.

Und ein letztes Mal greift er in sein Körbchen, zieht vorsichtig eine glänzend schwarze Perle hervor. Von ihr geht ein lieblicher Klang aus - wie der Gesang der Amsel, die auf dem Dachfirst unseres Hauses gerade ihr Lied singt. Nachdem auch diese Perle bei den anderen auf der Schnur ist, bindet er sie zusammen, zu einer leuchtend bunten, duftenden und klingenden, wunderschönen Kette.

Dann ist der Tag fort, ganz plötzlich. Seine Schwester, die Nacht, schwebt über die Wiese herbei und breitet ihre schwarzen Tücher aus, alles einhüllend. Für mich wird es Zeit nach Hause zu gehen. Nichts Wichtiges blieb ungesagt. Um meinen Hals trage ich die zauberhafte, einmalige Kette dieses Tages.

WEIHNACHTSAUGEN

Herr Willmann stapfte durch den Schneematsch nach Hause, die Mütze tief ins Gesicht gezogen, um sich vor dem eisigen Wind zu schützen. Er kam vom Friedhof. Niemand außer ihm war jetzt noch unterwegs. Er sah zu den Fenstern des Mehrfamilienhauses hinauf. Nur bei ihm war es dunkel. Bei allen anderen leuchteten und glitzerten Tannenbäume. Er stellte sich vor, wie die Nachbarn „Stille Nacht“ sangen, sich gegenseitig mit Geschenken überhäuften und fetten Gänsebraten aßen. Einmal im Jahr heile Welt. Morgen würden hinter den gleichen Fenstern wieder böse Worte fallen und Menschen sich gegenseitig den Alltag zur Hölle machen. Verlogen waren sie, alle. Seine Luise, ja, die war anders gewesen, die Liebe in Person. Jeden Tag. Er vermisste sie.

Herr Willmann näherte sich seiner Haustür, kam an der Toreinfahrt mit den Mülltonnen vorbei. Ein leises Rascheln war zu hören. *Rattenpack*, dachte er. Im nächsten Moment wurde aus dem Rascheln ein Fiepen, ein Winseln, und dabei rollte ein schmutzig braunes Wollknäuel direkt vor die Füße des alten Mannes. Er blieb abrupt stehen, um nicht darauf zu treten. Das Wollknäuel schüttelte sich und sah ihn plötzlich mit großen braunen Augen an.

„Wuff"! Ein Hund! Herr Willmann hatte einen Hund besessen, als er noch nicht Herr Willmann war, sondern einfach nur Karl. Das war nun fast siebzig Jahre her. Der alte Mann beugte sich vorsichtig herab, zog seinen Handschuh aus und streichelte das Tier. Nichts als Haut und Knochen fühlte er unter dem verfilzten Fell. Und eine warme, weiche Zunge, die ihm dankbar die Hand leckte. *Du siehst aus, als würdest Du Struppi heißen*, dachte Karl. Der eisige Wind reizte die Augen des alten Mannes. Er sah den Hund an, seine tränenden Augen sprachen ein stummes *Komm!*

Nachdem er den Streuner gebadet und ihm dabei vorsichtig die Kletten aus dem Fell gebürstet hatte, nahm Herr Willmann ein großes, weißes Frotteehandtuch, mit eingestickten Initialen *LW*. Seine Luise hätte sicher nichts dagegen, dass er Struppi nun damit abtrocknete. Der kleine Kerl hechelte und blickte den alten Mann mit großen, warmen Augen an. Er sah hungrig aus, der Struppi.

Nur, die Soljanka, die in der Küche auf dem Herd stand, würde ihm wohl kaum schmecken. Wo bekam man am Heiligabend Hundefutter her? Alle Geschäfte hatten geschlossen. Die Nachbarn von ganz unten! Mit ihnen wechselte Herr Willmann kaum ein Wort, nur *Morg'n*, *Tach* oder *n'Abend*, je nach Tageszeit. Doch sie hatten einen kleinen Hund, den sie verwöhnten wie ein Kind. Sicher hätten sie auch Hundefutter im Haus.

Wenig später stand Herr Willmann vor der Tür im Erdgeschoss. Ein bisschen unangenehm war ihm das schon, am Heiligabend. Aber Struppi war ihm gefolgt, saß neben ihm auf der Fußmatte und sah mit erwartungsvollen Augen auf die Tür, als wüsste er, dass dahinter Futter wartete. Entschlossen drückte der alte Mann auf den Klingelknopf.

„Fröhliche Weihnachten, Herr Willmann!" Berta Lietz sah ihn freudig überrascht an, kaum dass sie die Tür geöffnet hatte.

„Fröhliche Weihnachten." Während der alte Mann noch den Gruß erwiderte, beugte sich die Nachbarin bereits hinab zu Struppi, streichelte ihn und fragte, was das denn für ein magerer kleiner Kerl sei. So kamen die beiden ins Gespräch, zum allerersten Mal.

Bald darauf saß Karl in der guten Stube der Lietzens, trank einen Obstler mit Herbert, wie Herr Lietz mit Vornamen hieß, und ließ sich Bertas Kartoffelsalat schmecken. Ob es am Schnaps lag, dass dem alten Mann so warm ums Herz wurde? Seine Augen tränten nicht mehr, in ihnen spiegelte sich das Leuchten des Tannenbaumes. Unter dem Tisch schnarchten zwei zufriedene, satte Hunde.

Das war der Zauber von Weihnachten. Oder war es der Zauber der großen braunen Hundeaugen?

NACH(T)WORT

Vielen Dank, liebe Leserin, lieber Leser, dass Du dieses Büchlein gekauft und bis zum Schluss durchgelesen hast. Ich hoffe, meine Geschichten haben Dir gefallen.
Und, traust Du Dich noch, bei nächtlichen Spaziergängen zu gähnen, ohne die Hand vor den Mund zu halten? Denkst Du nun ein wenig anders über Diäten? Bist Du traurig, weil es in Deiner Familie auch eine Tante Friedel gibt, nur mit anderem Namen? Hat der Tag mit seiner bunten Kette Dich wieder getröstet, nachdem der „Schwarze Mann“ Dich das Gruseln lehrte? Hattest Du eine gute Nacht und angenehme Träume?

Die sogenannten "Scheinbushaltestellen" gibt es tatsächlich auf dem Gelände einiger deutscher Heime für Demenzkranke. Ihre therapeutische Wirkung ist umstritten. Verwirrte Alte warten dort auf den Bus, der niemals kommen wird.

Ich würde mich sehr über Deine Meinung zu diesem Buch freuen. Am einfachsten ist es, direkt bei amazon eine Rezension zu schreiben. Ansonsten gern per Mail an robodassi@me.com

Beste Grüße

Jo Jansen

Mehr Informationen über weitere Projekte unter:

http://www.facebook.com/liselotterie

DANKSAGUNG

Es gibt einige Menschen, ohne die dieses Buch niemals erschienen wäre. Sie haben an mich geglaubt, mir Mut gemacht, mich mit hilfreichen Hinweisen unterstützt.

Danke Cherie, Erik, Markus und Paula. Ihr habt mich immer wieder ermuntert, ein Buch zu schreiben. Danke an meine Eltern – Ihnen habe ich ein Buch versprochen und Versprechen muss man halten.

Danke auch an Astrid, Carla, Claudia, Marion und Rudy für Eure vielen guten Ratschläge. Ich finde es sehr angenehm, mit Euch zu arbeiten. Es ist schön, wie wir uns gegenseitig unterstützen und nicht als Konkurrenten sehen.

ÜBER DIE AUTORIN

Jo Jansen wurde in Rostock geboren und hat dort Betriebswirtschaft studiert. Schon immer schrieb sie gern - Briefe, Blogs, Kurzgeschichten - und war als freie Mitarbeiterin für verschiedene Zeitungen tätig. Nach jahrelanger Tätigkeit im Vertrieb änderte sie ihr Lebensziel und widmet sich nun ganz dem Schreiben. Jo Jansen ist Mutter von zwei erwachsenen Söhnen und lebt mit Mann und Hund glücklich am Bodensee.

Das Buch „Nach(t)Sicht“ gewann im Januar 2013 den neobooks Wettbewerb.

Jo Jansens erster Roman „Der Leberwurstmörder“, ist ein Hundekrimi. Erscheinungstermin:
1.Juli 2013 als E-Book bei Droemer Knaur
ISBN 978-3-426-43095-8

13251492R00105

Printed in Poland
by Amazon Fulfillment
Poland Sp. z o.o., Wrocław